中を二人の指でうがたれながら、泡を落とされた乳首に二人の口がむしゃぶりついてきた。

三兄弟《さんきょうだい》

バーバラ片桐《かたぎり》

ILLUSTRATION
タカツキノボル

CONTENTS

三兄弟

三兄弟

「ん、ん、ふ……っぁ……っ」

ビクビクと震えながら、裕哉《ゆうや》はたまらない快感にあえいでいた。無惨なほど大きく広げられた足の間には兄と弟の腕が差しこまれ、彼らの指が自分の体内を執拗《しつよう》に掻《か》き回している。そして、両方の乳首をその二人ともに舐《な》めしゃぶられているなんて、現実だとは思えない。

「ん、やぁ…っ、やだ、そこ、…ぁあ…っ」

腿《もも》に何度も痙攣《けいれん》が走り、限界が近いことを伝えてくる。柔らかく溶けた襞《ひだ》をバラバラにえぐられるたびに声を放ちながら、裕哉はどうしてこんなことになったのか、ぼんやりと思い出していた。

氷室《ひむろ》家のできのいい三兄弟――近所では、そう言われているらしい。正確には、できのいいのは眼科のクリニックを開業している兄の博《ひろし》と、有名国大に通う弟の保《たもつ》だけであって、次男の裕哉はそのおまけのようなものだった。
容姿も、眼鏡をかけた知的な雰囲気のある兄と、茶髪ワイルド系でモデルの仕事をしている弟に挟まれて、これといった特徴のない裕哉はあまり目立たない。だけど、兄と弟のハンサムさと出来のよさを自慢に思うことのほうが多く、あまり引け目を感じることはなかった。

それというのも、両親を車の事故で一度に亡くし、兄弟三人で助け合って暮らしてきたからだ。両親を失ったとき、兄は大学受験を寸前にした高校三年生であり、裕哉はまだ小学四年生に過ぎなかった。保は一つ下だ。普通なら親戚《しんせき》の家にバラバラに引き取られていくところだったが、兄は高校生とは思えない不敵な態度で言い放った。

『叔父さんたちの世話にはなりません』

遺産を巡って言い争っていた親戚たちは、そんな兄の姿にぎょっと息を呑《の》む。そんな彼らを見据えながら、兄は背筋をピンと伸ばした不遜《ふそん》な態度で告げた。

『遺産と保険金をざっと計算してみたところ、成人するまでは何とかなりそうです。借金で何かと大変な叔父さんたちにご迷惑をおかけすることはしませんから、三人で暮らさせてください。決して叔父さんたちにご迷惑はおかけしません』

当時の裕哉には知るよしもなかったが、このときの叔父たちは借金まみれで、三人の両親の遺産や保険金にたかろうとしていたらしい。兄がそうやって守ってくれなかったら三人はバラバラに引き離され、遺産も全《すべ》て奪われて、お情けでその家に置いてもらうことになっていたことだろう。

兄は言葉だけではなく、手回しよく弁護士を後見人に立て、親戚たちの反対をはねのけた。かくして兄弟三人で暮らすことができたのだ。

家事だけは通いの家政婦を雇う形となったが、兄がその家での父親代わりだった。やんちゃざかりであり、遊びたいさかりの裕哉や保を厳しくしつけた兄に、どれだけ叱《しか》られたかわからない。裕哉は家政婦にいろいろ家事を教えてもらい、中学に入った頃《ころ》には母親代わりとして家事を担当することとなった。兄の苦労がわかっていたから、自分でもできることをしてみたかったのだ。

出来が良くて強引で不遜だけど、回りの人間に対してはあたりが柔らかくて猫っかぶりな兄と、ワイルドで華やかな弟。自慢の二人に囲まれて、裕哉はすくすくと育った。兄弟なのにどうしてこんなに違うのかと不思議に思うこともあったが、出来のいい二人は裕哉の誇りだった。

兄弟仲はとてもよく、裕哉は二人に溺愛《できあい》されて成長した。お母さんの代わりであり、これは兄弟愛だとすっかり思いこんでいた。もちろん、その二人にいきなり襲われて身体《からだ》を奪われることなど、つゆぞ想像したこともなかったのだ。

予兆のようなものをあえて捜してみるとしたら、真夜中に何度か部屋で乱闘している兄と弟の気配で目覚めたことがあったことだ。「おまえ抜け駆けなど！」「博兄こそ、夜這《ば》いにしに来たんだろうが」と言い合っていたが、何のことだかわからなかった。

なおかつ三日後が裕哉の二十の誕生日だ、という話題が夕食のときに出たとき、兄が眼鏡のブリッジを指で押さえて『そろそろ裕哉も大人になる必要があるな』とつぶやき、保が引きつるような笑みとともに言い返したこともあった。

「抜け駆けは許さないからね」

幼い頃は、裕兄、裕兄、と裕哉の服の裾《すそ》をつかんで離さなかった泣き虫の弟は、高校時代に背が一気に伸びるのとともに花開いた。

百八十センチを越える逞《たくま》しい体軀《たいく》。寝そべる百獣の王に似た雰囲気のある保は、街でスカウトされたのをきっかけに、メンズモデルのバイトもしている。大学の法学部に通う傍ら、小遣い稼ぎのつもりで始めたらしいが、次第に人気が出てきたらしく、学業にも差し支えるほどに次々と仕事が入っているそうだ。

最近、この二人の間には、不思議な緊張感があるのを裕哉は何となく感じ取っていた。今も二人の間で、見えない火花がバチバチと散っているようだ。

兄は保ににこやかな笑みを向けながら、落ち着き払った口調で言った。

「このまま手をこまねいていたら、いつ泥棒猫に取られるかわからないからな。この私《わたし》がここまでひたすら丹精して育てた可愛《かわい》らしいヒナギクを無断で摘むようなことをしたら、ただですむとは思うなよ」

——ヒナギク？

兄はそんな趣味を持っていただろうか。庭に出ることなどなかったはずだ。

きょとんと首を傾《かし》げた裕哉の前で、保は挑戦的な笑みを浮かべた。

「丹精とは笑わせる。……あんたが今まで手を出さずに来たのは、自分のものにできる自信がなかったからだろ」

「もう一度言ってみろ」

兄はがたんと席を立つ。保が不遜な態度で応じた。

「何度でも言ってやるよ。女嫌いのあんたとは違って、俺《おれ》はいろいろ経験を積んできたからね。初めてのときの扱い方も心得てる。最初はとまどっても、すぐに俺のものになるのは請け合い」

「そんな動物的な勘ではなく、医学的な刺激を適切に与えたほうがよっぽど――」

全く訳のわからないことを言い合っている二人からつまはじきにされたような寂しさを覚えて、裕哉は立ち上がり、丸めた新聞紙でぽかぽかと二人の頭を叩《たた》いた。

「何言ってんの？　二人とも。シチュー冷めちゃうから、さっさと食べろ！」

「ああ」

「ん」

二人は毒気を抜かれたようにうなずいて、大人しく食べ始める。

その前で頬杖《ほおづえ》をつきながら、裕哉はふてくされた。

「最近、兄ちゃんと保、よくケンカしてない？　仲良くしろよ。三人で仲良くしろってのが、父《とう》さんの遺言だっただろ」

「三人で仲良く……。三人か。それは考えてなかったな」

兄が眼鏡のフレームに触れながら、考えこむようにつぶやいた。保もその言葉に反応した。

「三人……。確かに。三人か。刺激はたっぷりかもしれないけど、微妙」

何がこの二人を考えこませているのか、裕哉にはわからないままだった。しばらくは皆がシチューを食べるために操るスプーンの音だけが響く。

それから思い詰めた様子で、博が尋ねてきた。

「裕哉は三人がいいのか？」

「は？」

裕哉はきょとんとした。

「どちらかを選ぶのではなく、三人がいいのか」

「どういうこと？」

何を聞かれているのか、裕哉には全くピンと来ない。しかし、保には理解できているらしく、弟からも問いかけられた。

「裕哉は俺か博兄のどっちかを選んで仲良くするんじゃなくって、三人で仲良くするほうがいいんだよな？」

「それは、……そうだろ。昔から三人仲良く、でやってきただろ。俺は兄ちゃんも保も好きだし、仲良くして欲しいけど」

「なるほど。おまえの意見を何より尊重することとしよう」

博はその言葉に重々しくうなずくと、保に視線を向けた。保もそのアイコンタクトを受けて、思い詰めたような顔でうなずく。食事を終えると、兄は保を自分の部屋に誘ったらしい。しばらくして勝ち誇ったような兄の歓声と、保の悔しそうなうめきが聞こえてきた。

――また、ウノで勝負つけてるのかな。

裕哉は皿を洗いながら、ふと思う。何かを取り合って、二人はそんなふうに勝負することが昔からあった。

――だけど、何を賭《か》けてんだろ？

それがずっとピンと来ないままだ。

隠しごとをされると、自分だけが仲間外れにされたようで寂しくなる。

そして二十歳の誕生日が来たのだった。

今年のプレゼントはやたらとゴージャスだった。兄が高級店のケーキを差し出すと、保が裕哉に似合うものをセレクトしたといって、人気メンズ服を一式揃《そろ》えてプレゼントしてくれる。兄がさらに革の鞄《かばん》を差し出すと、弟は負けじと靴を取り出し、やはりバチバチと火花が散っているようだった。

誕生日会は盛り上がり、自分で作ったご馳走《ちそう》の片付けをすますと、風呂《ふろ》に入れと二人から勧められた。お湯がなみなみと張られた浴槽の中には、薔薇《ばら》の花がたっぷり浮かべられている。こんなことをすると後片付けが大変なのに、と思いながらも、裕哉は思わず微笑《ほほえ》んだ。

湯船にゆったり浸《つ》かりながら、裕哉は薔薇の芳醇《ほうじゅん》な匂《にお》いを鼻腔《びこう》から吸いこむ。くすぐったさを覚えながらも、ゴージャスで幸せな気分になった。

世界広しといえども、二十歳になってこんなにも兄弟たちから誕生日を祝ってもらえる自分は幸

せ者だ。同級生たちの話を聞いていると、世間の兄弟というのはもっと仲が悪いようだ。

――だけど、兄ちゃんも保も、俺を大切にしてくれてる……。

しかし、たっぷり温まった頃に、いきなり『いいか』と脱衣所から声がかけられた。

――え？

何がいいのかわからなくてポカンとしていると、全裸の兄と弟が入ってきた。

――え？　えええええ？

何が起こったんだと、裕哉は湯船の中で固まる。家庭用の風呂だから、あまり広くはない。幼い頃はともかく、成長してからはみんなバラバラに入っていた。入ってくる二人の兄弟の逞しさに見とれる。

――だけど、みんな成長したなぁ。兄ちゃんも、……保もすごい。

思わず目についてしまった部分から目をそらせて、裕哉はちゃぷんと湯に沈もうとした。すると、博が湯船に腕を差し伸べてくる。

「のぼせるから、出なさい」

湯船から出ると、新調されたマットに座らされた。

それから、背後に回った保がタオルで裕哉の手首をてきぱきと拘束する。最初は何が行われようとしているのか、まるでわからなかった。まだ誕生日の続きで、これはアトラクションの一種なのかもしれないと呑気《のんき》に考えていた。

「何が始まるの？」

少しドキドキして尋ねると、博は柔らかな笑みを浮かべた。特殊な曇り止めを使用しているのか、浴室の中でも眼鏡のレンズが少しも曇ってはいないのがすごい。

「おまえは、ただ身体の力を抜いて楽しめ」

髪をそっと撫《な》でられて愛《いと》おしそうに囁《ささや》かれ、裕哉は思わず微笑んだ。兄に対する絶対的な信頼があった。兄や弟が理由もなく自分にひどいことをするなんて、考えてもいなかった。

背中を保に支えられ、膝《ひざ》裏を博につかまれて両足を開かれる。二人の真剣な視線をそんなところに集中させられて裕哉はとまどった。いくら兄弟だと言っても、さすがに年頃《としごろ》の男だから恥ずかしい。先ほどチラリと見た二人のものに比べて、自分のものはずっと幼いように思えて、じわじわと羞恥心《しゅうちしん》がこみあげてきた。

「な、……何？」

声が上擦った。二人が自分に悪いことをするはずがないという信頼があった。もしかして自分の身体に何か重大な欠陥があり、それを確認するためにこんなことをされているのだろうか。

うっすらと生えそろった陰毛と性器だけではなく、あまりに足を広げられているだけにその奥の袋やお尻《しり》の狭間のつぼまりにまで、二人の視線がチクチク突き刺さるようだった。次第に鼓動が乱れだし、いくら彼らが血を分けた兄弟だとわかっていても平静ではいられなくなる。二人は何も話さない。ただ見ているだけだ。

「…っ、何だよ、何？　どうした……！」

少しずつこれが尋常ではない事態だと気づいてきたが、拘束は外れない。背後にいる保が、しっかりと裕哉の腕を抱え直す。

兄が裕哉の両足の間に身体を挟みこませ、医者そのものの乾いた温かい指で無造作に性器を握りこんだ。ただ握られているだけだというのに、他人のてのひらの感覚が伝わるだけであっという間にそこが固くなり始めていることに気づいて、恥ずかしさに顔が真っ赤に染まった。

「っや……っ」

「成長したな。まだこれを誰《だれ》にも使ったことはないんだろ。清潔で清らかな、可愛いピンク色だな」

「恥ずかしい……こと、言うなよ、バカ……っ」

だが、ゆっくりと兄の手にしごきあげられて息を呑む。他人にそこを触れられたことなどない上に、二十歳の感じやすい身体だ。刺激を送られれば硬くなるのは男の生理だとわかっていても、消え入りたくなる。

「やだっ……、離せ……！」

だが、保の腕は外れない。

「黙って、私に身を任せていればいい」

博のこんなときの声にも、逆らい難い迫力があった。

眼科医となり、小さくはあってもクリニックの院長として、患者やスタッフから信頼を得ている兄だ。それだけに、言われると無条件に従いたくなる力がある。かといって、さすがに抵抗があった。

「だって、…こんなの、恥ずかし……だろ」

兄の手の中で完全に勃起《ぼっき》してしまい、いたたまれなくなって涙がじわりと浮かんだ。兄はその顔をのぞきこみ、安心させるように微笑んだ。

「心配するな。おまえは幼い頃から、私にオムツまで替えられていたんだ」

「だけど、それとこれとは違う……っ」

「違わない、何も。私にとって、裕哉はずっと可愛くて、食べちゃいたいほど愛おしい弟だ」

博に口では勝ったことがない。さすがに今日ばかりは負けるわけにはいかないのに、兄の手がそこにあるだけで落ち着かなくて頭が働かない。

——どうして俺、兄ちゃんに触られて、……勃《た》ててん……だよ……！

萎《な》えさせようと懸命になっている裕哉に、博が甘く微笑みかけた。極上のハンサムだけに、正面からまともに食らうと否応《いやおう》なしに鼓動がドキドキ騒ぐ。

「ここもちゃんと洗っているか、兄ちゃんが調べてやろう」

「な…っ！　そんなの……っ！　やだ…っ、ちゃんと！　……してるから、触ん……な……！」

がむしゃらに暴れても、背後にいる保はビクともしない。そうしている間にも兄はボディソープをたっぷり手にからめて、裕哉の性器を大胆にしごきたててきた。

「っだ、……やっ、何、兄ちゃ……っ！」

手が動くたびに腰砕けになるような快感が送りこまれて、裕哉は上体を丸めた。こんなのは初めてだ。自分の手でつたなくしごくのとは、興奮も強さもまるっきり違っている。さらに兄の手の中で、自分のものが灼《や》けるように熱くなっていく。

そこからの刺激に溺《おぼ》れそうになって身体をひねると、背後にいた保がその首筋に舌を這わせた。

「だったら、裕兄の上半身は俺が洗ってあげる」

保の手にもたっぷりボディソープがからめられ、裕哉の上体を手でなぞってきた。性器をしごかれるのに合わせて、胸元をぬるぬると撫で回されると、じっとしていられないような感覚が保の手のあるところから沸き上がってくる。

「っや……っ！　ちゃんと、……自分で、洗えるって……！　そんなとこ、……洗うな……」

保の手で擦《こす》りあげられるたびに自分の小さな乳首からゾクゾクする刺激が生み出されていく。

どうしていきなり、こんなことになっているのだろうか。裕哉の頭は懸命に、今の状況を説明できる答えを捜そうとする。だが、裕哉の頭は昔から兄や弟と比べてお粗末なので有名だった。それでも一つ、閃《ひらめ》いた答えがあった。

「……俺、……臭いの？」

少し怯《おび》えながら聞いた途端、前後にいる二人は驚いたように動きを止めた。だが、すぐにクスクスと笑い声を漏らす。

「違うよ。裕哉はとってもいい匂いだ」

その言葉とともに、兄がペニスをしごき上げた。

「ん、く……っ！」

兄の器用な手にしごかれるたびに、息が詰まるような気持ち良さが電撃のように駆け抜ける。足を閉じようにも、その間にしっかりと兄の身体が挟みこまれていて、かなわない。

「やだっ……っ、もう、離せ……っ」

「やめて欲しいのか？　こんなにも、気持ち良さそうなのに」

気持ち良いからこそ、よけいにこれはマズいという意識が強くなる。

だが、博の眼鏡越しの視線を浴びせかけられるたびに、余計に性器が熱くなっていく。

「ただ洗っているだけなのに、こんなふうにするとは、裕哉は恥ずかしい子だな」

さらにそんなことを囁かれて、裕哉はいたたまれなくなった。後ろから胸元に伸ばされた保の手が乳首をきゅっとつまみ上げて、裕哉はビクリと身体を震わせた。

「……ッ兄……ちゃ……っ、……俺、……病気……なの？」

兄がこんなことをする理由が、裕哉にはいまだに理解できないままだ。こんなことをされるなんて、もしかして自分は深刻な病気にかかっているのではないかと不安になる。帰ってきた兄の微笑みは、裕哉を不安にさせるほど不穏なものだった。

「そうだよ。兄ちゃんに触られて、ここをこんなにするなんて、裕哉はいけない病気にかかってる。兄ちゃんが一生、面倒《めんどう》を見てあげなければいけないほどな」

博が裕哉の先端を容赦なく剝《む》き下ろした。

「……っぁあ！」

ピリッとした痛みと快感に、裕哉の身体が跳ねる。続けて兄の無慈悲な親指が、顔を出したばかりのピンク色の無垢《むく》な部分をぐりっと嬲《なぶ》った。

「っひ……っ！」

かすかな痛みに混じって、声を上げてしまいそうなほどの甘い快感が身体を貫いていた。

「今日はおまえの身体を、とことんまで調べなければならない。覚悟しておけ」

兄に冷ややかに宣言されて、裕哉は息を呑んだ。

何かが変だ。だけど、身体がこんなに熱いと、何もかも博に委《ゆだ》ねたい気持ちも強くなる。

不安とともに見上げると、兄は柔らかく笑った。

「おまえは何も心配することはない」

その表情が昔から勉強を教えてくれたときの、辛抱強くて優しかったときのことを思い出させて、どきりと胸が高鳴った。

皮と先端の間に兄の指がこじいれられてうめくと、あやすように尖《とが》った乳首を保が撫でてくる。指がソープでぬるぬるとすべるたびに、その小さな粒から甘い刺激が広がる。つきん、と腰の奥まで響くような性器の痛みまじりの快感と、乳首をいじられる甘さとが体内で混じり、裕哉の身体はますます熱を帯びてしまう。

「俺の……そこ……変なの？」

不安になって、聞いてみた。

デリケートな部分だけに、心配だった。乳首も限界まで赤く尖って、保の指になぞられるたびにじっとしていられないほど感じるようになっていた。男のくせにこんなところで感じるなんて変だ。だからこそ、こんな方法で確かめられているのだろうか。

保が小さく笑って、後ろから耳朶《じだ》に濡《ぬ》れた柔らかな唇を押し当てた。

「うん。裕兄は少し変かもしれない。男なのに不思議とエロくて、俺や博兄をこんなにも惑わすんだから。博兄によく調べてもらえ。女の子でも、おっぱいでこんなに感じるのは滅多《めった》にいないからな」

「そんなにも乳首で感じるのか、裕哉」

博に医者の声で尋ねられ、裕哉は消え入りそうになってうつむいた。

「……少し」

「それじゃわからない。具体的に、どうされると感じるのか、言葉にして言ってみろ」

博の眼鏡越しの眼差しが、保につまみあげられている乳首に注がれる。

「つままれたときと弾《はじ》かれたとき、どんなふうに感じる？　裕兄」

背後から裕哉の身体をすっぽりと抱きこみながら、耳元で囁きかけてくる保の声は男っぽくかすれていた。

その感覚を思い出させるように両方の乳首をつまんで引っ張られ、弾かれるのを何度も繰り返される。

答えるまでは許してもらえそうになくて、裕哉は声を押し出した。

「っあ、……っつまれる……ときは、身体の奥が……っじん……とする……。……弾かれるとき……は、ズキズキする…」

「裕兄は、右と左と、どっちが感じる？」

左の乳首はつまれ、反対側の乳首は指先で弾かれる。左右それぞれから違う感覚が広がって、ぞくぞくと身体が震えた。乳首など自分で触っても感じたことなどなかったのに、保の指先で触れられると、魔法にかけられたように快感だけを伝えてきた。

「……わかん……な……っ」

「どっちでも感じるようだな、裕哉は。少し刺激を強めてみたらどうだ？」

博の言葉に応じて保が乳首をつまみ上げ、ぬるぬるする部分に爪《つめ》を立てて痛いぐらいにねじり上げた。ぞくんと、身体が反り返るほどの痛みが一瞬走ったが、すぐに甘ったるい快感に変わった。

「つぁ……っ」

「痛いか？」

気遣うように保に言われたが、取り繕うほどの余裕をなくしていた裕哉は正直に首を振った。

「そんなに……っ、痛く……ない」

言うと爪から力が抜かれ、保がいたわるようにぬるぬると乳首を撫でた。そんな乳首からの快感が下腹に流れこみ、性器の先から蜜《みつ》が滴る。

恥ずかしくてうつむくと、博が顔を上げさせた。

「少し痛くしても悦《よ》いのか。こんなにも尖らせて、気持ち良さそうな顔をしてるな」

兄が剝き出しにした裕哉の先端をしごく指を再開させる。ボディソープにあふれた蜜が混じり、ねっとりと粘度が増した。

それから、根元から少し強めにしごきあげられる。

「…っんっ！　っふ…っ」

それに合わせて、尖りきった乳首を泡の中でつまみ上げられてこね回された。息がどんどん上がって、乱れていくのがわかった。

「俺、……何かの病気？」

不安と快感に翻弄《ほんろう》されながら尋ねる。博は裕哉の性器をぬちぬちと弄《もてあそ》びながら言った。

「ああ。こんなにエロい身体をしている裕哉は、兄ちゃんとしか付き合えないだろうな」

「いや。俺も対応できると思うけど？」

すかさず保も口を挟む。

博は裕哉の敏感すぎる先端と皮を利用して、音を漏らした。二人にいじられる乳首と性器からじわじわと這い上がる熱が、頭まで溶かしていく。こんなのは普通じゃないとわかっているのに、性器の先から蜜があふれっぱなしになり、足の爪先《つまさき》にまで力が入った。

「っん、ん……っ、博兄……っ、も、触っちゃ…ダメ…っ」

「次はここを洗おうか」

裕哉の身体がさらに倒され、赤ん坊がおしっこをするような形に足が押し開かれる。

「っん……っ！　や、……っぁあ……っ！」

ソープのすべりを借りて、指がぬるりと体内に押しこまれる。

「っやあぁ……っ」

そんなことをされるとは思っておらず、初めてのたまらない違和感に腰が逃げようとした。だが、引いた分を追いかけられて指が根元までためらいなく押しこまれる。

初めて他人の指が体内にあることに怯えて、襞がきゅうっとからみついた。

大きく目を見開いて兄を見ると、柔らかく微笑んでいた。

「中を詳しく調べるから、力を抜いていなさい」

これが医師をしている兄の言葉でなかったら、大人しく従うことはなかったかもしれない。だが、これは本当に検査かもしれないという思いが、裕哉を惑わす。そんなはずがないと熱く疼《うず》く身体が訴えてはいたが、だからこそ一縷《いちる》の望みにしがみつかずにはいられない。

「は……い」

それに従おうとしたが、うまく力が抜けない。体内にある兄の指に襞をひくつかせていると、指がゆっくりと抜き取られ、また入ってきた。くちゅくちゅと指がそこを往復する。

「っゃ、……ひろ……にい……っ！　っやあ、……っは、……っやあ……っ」

「だんだん、柔らかくなってきたな。そのまま我慢してろ。括約筋の機能も調べる」

指が動くにつれて裕哉のそこはボディソープによって白く泡立《あわだ》ち、耳をふさぎたくなるほどの猥雑《わいざつ》な音が漏れてきた。

「ドクター。俺も中をいじっていいかな？　大切な兄の内部に異常がないか、確かめておきたいんだけど」

保が言うと、博は鷹揚《おうよう》にうなずいた。

「よかろう。許可する。指を入れたまえ」

――えええええ……っ！

保が左手で乳首をいじりながら、後ろから裕哉の足の間に右手を伸ばしてくる。

保の泡だらけの大きな手は、まずは裕哉の張り詰めた袋のあたりをあやすように弄んだ。そんなところまで触られるとは思ってなくて、袋をいじられるたびに博の指までもが突き刺さっているそこがひくついてしまう。

「どこに触れられても、喜んでいるようだな。おまえのここがどれだけ熱くて、いやらしくなっているか、保にも教えてやりなさい」

「やだ、やめろ、……保……！」

何をされるのかわからないながらも怯えると、つぷ、と保の太い指までもが突き立てられた。

「っん！　ぁあ……っ！」

中の圧迫が倍になり、保の指がぬぬぬっと根元まで入れられていくのがリアルに伝わる。しかも、兄と保の指は中でバラバラに動くのだ。初めての裕哉は、そんな刺激にとまどうばかりだ。

「ぁ、……っやだ、……んっ、動かす…な……あ、……ん…っ」

「動かさないと、おまえの身体の様子を調べられないだろ」

「……んっ、……ダメ……」

「まずは括約筋がどこまで緩むかだな」

「指三本開いたら、可能らしいけど」

「ああ。そうならなかったら、今日は諦《あきら》めるしかない。負担が大きすぎる」

頭上で声が交わされてはいたが、裕哉はその内容について考える余裕がなかった。体内を掻き回す二本の指が、裕哉をひたすら混乱させる。

「や、……っダメって、……あっ、……いじんな……、博兄…っ、保……！」

妙なところをいじられているというのに、性器の先からトロトロと蜜が漏れるなんて変だ。半泣きで訴えても、押しこまれた保の指はリズミカルにリズムを刻み続ける。それとは別に博の指が、何かを探るように襞をまさぐっていた。

「ぁあ……、ん、ぅあ、……っぁ、あ、あ」

乳首にまで、二人の手が伸ばされてきた。

「こんなに尖っている」

「コリコリだな」

博に少し強めにつまみ上げられ、反対側は保に触れられていた。両方の乳首からじわっと広がる快感に中がひくついた。

「尖りすぎだ。いやらしい身体だな」

つまんだ乳首が無造作に転がされ、反対側も保の指で強めに引っ張られ、軽くねじられて刺激される。

性器もジンジン痺《しび》れていた。

そこもまたいじってもらいたくてたまらず、無意識のうちに腰が揺れる。

「……もっと指を増やせそうだな」

つぶやきとともに博が二本目の指をねじこむ。それだけでぎゅうぎゅうだというのに、さらに保も負けじと指をねじこんできた。裕哉は四本の指の圧迫感に、身じろぎもままならなくなった。

「……っん……っ、やっ、無理……っ」

「無理ではない。ここはもっと、柔軟性がある。深呼吸して、リラックスしろ」

冷静な医者の声で命じられた。

息を吐き、できるだけ力を抜こうとしているのに、ゆっくりと指が体内で蠢《うごめ》くだけで、思わず声を上げてしまいそうなほどの刺激が走る。

「ふ、やぁ、ぁ、…あ…」

中を二人の指でうがたれながら、不意に胸元にシャワーを当てられた。細かな水流で刺激されて泡を流され、敏感になっていた乳首に、二人の口がそれぞれにむしゃぶりついてくる。そのことに驚いたが、指が入っていてまともに動けない。博が歯を立てて強めに刺激してくるのに対して、保は唇で突起を覆うようにして、柔らかで繊細な刺激を送りこんできた。

「ン、……っあっ、あ、あ、ン……っ」

「裕兄はおっぱい吸われるのが好きなようだね。まだミルクは出ないようだけど」

「出るもん…か……」

「出るようにする方法もある。して欲しいか？」

博が口を当てたまま笑った。裕哉はその問いかけに首を振る。

二つの舌で乳首を淫《みだ》らに舐め上げられ、嚙《か》まれたり吸われたりするたびに、恥ずかしさとともに甘ったるい刺激が下肢を熱くさせる。

ジンジンする襞を指で掻き混ぜられ、たまらない圧迫感ときつさが和らいでいく。身体に与え続けられる快感を受け止めきれず、裕哉は目に涙をためながら限界を訴えた。

「もう……やだ…っ、死んじゃ…う…よっ」

兄と弟の指に深くまで掻き混ぜられても、裕哉は震えてあえぐことしかできない。ぱっくりと開かれた足の間では、隠しようもなくさらけ出された性器がずきんずきんと脈打って、解放を待ちわびていた。

「これくらいほぐれたら、何とか入りそうだ」

博の声が遠く聞こえ、ようやく体内から指が全て抜け落ちた。

裕哉は深呼吸する。

まだ中に何かが入っているような感覚が消えず、そこがゾクゾク痺れるような感覚がなくならない。兄と弟から与えられた初めての経験に、鼓動が速くなったままだ。とにかく呼吸を整えようとしていると、膝を抱えこまれた。柔らかくほころんだそこに大きな硬いものが擦りつけられる。

——何？

とまどいながら、裕哉は足の間に視線を落とす。押しつけられていたのは、熱く屹立《きつりつ》した博の性器だった。

それを目にした途端、裕哉の頭は極限まで混乱した。

「どうした？」

驚愕《きょうがく》した裕哉の顔を、博が瞳《ひとみ》を細めて見下ろす。いつになく男っぽい表情をしていた。

「……だって……っ、これ……っ」

「ずっとこうしたいと思ってた。裕哉を俺だけのものにしたいと」

熱っぽい囁きの直後に、それが突き立てられる。

「ひっ、んぐ…ぁ…っ！」

切っ先がゆっくりと裕哉の体内に入りこんでくる。さんざん指で刺激されて敏感になった穴を強引に押し広げて、焼けた鉄のように感じられるものが体内に突き立てられる衝撃に裕哉はすくみあがった。

――何、……で……っ！

少しずつ入れられるたびに、鈍い痛みが繰り返し襲ってきたが、裕哉はひたすらそれを耐えるしか他《ほか》に手はなかった。身体の痛みよりも、混乱のほうが大きい。

どうして自分は、兄に犯されているのだろうか。

答えは見つからず、入ってくるものの圧倒的な存在感のほうに意識は占められ、パニックに陥りそうになる。

「ッ……やだ……っ、無理！　入らないから……っ、兄ちゃ……っ！」

「焦るな。しかるべき手順さえ踏めば、もっと大きなものまで入るとわかっている。全てを私に任せて、安心して力を抜け」

半泣きで訴える裕哉に、兄は繰り返し囁く。それでも裕哉の態度に少し混乱しているようだった。

昔から兄は、裕哉にだけはひどく甘かった。その兄の性器が体内にあると思った瞬間、ぞくりと身体の芯《しん》が痺れた。

「……っん、ぁあ……っ」

「落ち着いてやれよ。がむしゃらに突っこむな。だから、俺が最初にやるって……」

「うるさい。負けたヤツがガタガタ言うな」

博が言い返すと、背後の保は軽く息を吐いて、裕哉の耳や首を優しくついばんできた。その柔らかな刺激に、裕哉の身体から少しずつ力が抜ける。

保の指がまた乳首を転がしてきた。つままれて撫でられていると、じわりと快感が広がる。

襞が緩んだのか、さらに奥のほうまで兄のものを呑みこまされた。ズズと襞が擦れる強い摩擦に裕哉は息を呑んだ。

「ん、くぅ、……っん……っ」

いっぱいに広げられた襞から、引きつれるような痛みが湧《わ》き上がる。それを和らげるように保に乳首を柔らかく弄ばれると、その二つの感覚が混じり合って身体がジンと痺れていく。

苦しさを紛らわせるために、乳首の刺激にすがるしかなかった。保にもっといじってもらおうと上体をねじると、そこに唇が吸いついてきた。

「っん、……っく……」

乳首を吸われたり噛まれたりするたびに、襞がひくついて博のものを奥のほうに引きこむように蠢く。だんだん、博に貫かれているそこからも、じわじわと快感が立ち上るようになっていた。甘い声が合間に漏れる。

それを感じ取って、博が息を吐き出した。

「大丈夫なようだな」

「乳首が弱点だな。ここをいじると、裕哉はふにゃふにゃの猫みたいになる。ここをいじらないとイけないように、最初から躾《しつ》けておこうか」

「それはいい」

――何言ってるんだよ……！

その大きさに耐えるだけで精一杯の裕哉は、反論するだけの余裕がない。最初は何かの検査かもしれないと思うところもあったが、さすがにここまでされるととんでもない事態なんだと気づいていた。だが、身体の奥まで太い楔《くさび》でうがたれている今となっては逃れることは不可能だ。

「っく、――さすがにキツい」

腰をゆっくり動かしながら、博は裕哉を愛おしむように頬や頭に触れてくる。少なくとも憎まれて、こんなことをされているのではないということだけは伝わってきた。それどころか、ひどく愛しまれているのが自然と伝わり、泣きたいような気持ちになる。

「早くしろよ。次は俺の番だから」

「急《せ》かすな」

「急かすよ。裕哉が辛《つら》くならないように、とっとと終わらせろ」

「そんなわけには……」

それでも、ゆっくりりだった博の動きが、少しずつ大きく速くなった。

「やっ……っ、ぁ、あ、あ……っ」

裕哉はその動きを受け止めきれず、どうにか逃げようともがく。そんな裕哉の腰をつかんで引き戻しながら、のしかかってきた博が低く囁いた。

「ごめん、裕哉。気持ち良すぎて、止められない。イクまで我慢してくれ」

ズンと突き上げられるたびに襞全体が強く摩擦され、抜かれるときには総毛立つような感覚が襲いかかって、声が殺せなくなる。

頭の中が真っ白だ。自分の体内に他人の性器を受け入れるなんて初めての体験だ。そんなことをされるなんて、想像したこともなかった。しかも、心から信頼していた兄にされるなんて。

——ど……して……。

裕哉は混乱しきった頭の中で考える。二人とも女性からとてもモテるから、相手に不自由しているわけではないはずだ。たまに友人から冷やかされるほどに裕哉を大切にしてくれていた。

ずっとこんなことをしたかったのだろうか。

——だけど、兄弟なのに……。

頭がぐるぐると回る。

体内の柔らかなところを貫かれている違和感と圧迫感は、動かれるたびに薄れていき、じわじわと快感が混じる。保が乳首にしゃぶりつき、絶妙な強さで吸いたてるたびに身体が熱を帯びてくる。

「あっ、あっ、あ……っ」

「熱いな。抜こうとするたびにからみつく…」

かすれた声で博が囁いた。

抜かれるたびに、全身の毛穴が開くような奇妙な感覚がある。その浮遊感が怖くて、裕哉は自分から力をこめていたことに気づいた。締めつけるたびに、兄の逞しいものが強く襞を摩擦して、甘ったるい快感がそこから生まれる。

そのとき、深く突きこまれた切っ先がひどく感じるところをかすめて、裕哉は思わず息を詰めて全身をのけぞらせていた。強い電流がそこから脳天まで貫いたようだった。

「んんっ……っ！」

「ここだな。見つけた」

「そこ、何……っ？」

息も絶え絶えの状態で尋ねると、博は答えの代わりに同じ位置をペニスの張り出した部分でなぞってくる。そうされただけで、ビクビクと身体を痙攣させずにはいられないような痺れが走り抜けた。

腰をひねってあたらないようにしようとしたが逃げ場はなく、ぞくぞく震えていると飲みきれなかった唾液《だえき》が唇の端から滴った。

一度きりでは終わらず、全てが溶けて流れていくような強制的な快感を、何度も食らわされる。

「つん、ふ……ッ」

「そんなにも気持ちがいいか？　裕哉」

博にのぞきこまれて、悦楽に呑みこまれそうだった裕哉は首を振った。

だが、大きく腰を動かされた拍子に、博の先端で感じる部分が強く刺激され、裕哉は全身を稲妻のように走り抜ける快感に、悲鳴を上げてのけぞるしかなかった。

「ぁあああ、……っや、やだ、そこ、やめ…っん、…っやだ…っぁ、ああ、あ……っ！」

拒んでいるというのに、逆に狙《ねら》いをすまされて淫らに突き上げられる。

苦しいぐらいに中をいっぱいにされながら、感じる部分を入れるときと抜くときの両方でたっぷり刺激されて、裕哉は我を失いそうなほどの悦楽に投げこまれた。口が開けっ放しになって、涎《よだれ》が止められなくなる。強い快感が薄れていくのを待たずに、新たな刺激が次々送りこまれる。辛くてキツいのに、もっとひどくして欲しいような欲望もこみあげ、生まれて初めての悦楽に惑わされていた。他に何も考えられない。

「やっ、……っあ、あ、あ、あ……っぁ」

達しそうになって、身体に力がこもっていく。だが、そのとき保が後ろから乳首を両方とも強めにつまみ上げた。ぎゅうぎゅうと引っ張られると、その甘い痛みに集中力を散らされて、あと少しのところなのにどうしても届かない。下肢で渦巻くマグマのような熱をどうにかしたくて、もどかしさに腰が揺れた。

「や、……っもう、っぁあ、ん、ん……っ」

「俺の番が来るまで、イクのを我慢してろよ、裕兄」

「そうはいくか。まずは私と一緒だ」

博に激しく腰を叩きつけられて、裕哉は身体が全て溶けて流れてしまいそうな悦楽に溺れる。乳首の刺激はなくならず、チクンチクンと痛みまじりの快感が与え続けられる。奥まで斬《き》りこんでくる博の切っ先が悦楽をより深め、ヒクヒクと襞が痙攣する。

気持ちがいいのに、裕哉は性器への直接的な刺激以外で達したことはなかったから、焦《じ》れったくて、苦しいくらいなのにイクにイけない。

「んっ……ふっ、ぁ、ああ……っ」

裕哉は腰を振った。その中心では裕哉の性器が先端から蜜をあふれさせながら屹立している。そこに触れて欲しくてたまらないのに、二人はわざとそこに触れないようだった。

保の指は乳首をぐりぐり転がすばかりだ。博は裕哉の性器を刺激しないように足をつかんで、腰を叩きつけてくる。

もう身体はドロドロに溶けているというのに、なかなか絶頂の波に乗ることができない。それでも博からひたすら送りこまれる快感で爆発しそうになり、どうしてもイきたくて腰がガクガクと動き始めていた。

「ぁあ、くふ、ん、……っぁあ……っ」

「保。見ろ、腰まで振ってる」

「いやらしいな」

「きゅうきゅう、おねだりするように締めつけてきてる」

「中だけでイかせるつもりなんだろ？」

「もちろん」

「最初が肝心だしな」

「これなら、イけそうだろ」

「……に……、ぁあ、…っや、もう動くな……っ、ダメ……」

急速にふくれあがる射精感は、もはやごまかしようのないところまで来ていた。ぶるっと痙攣が突き抜ける。

「っも、……出る……っ！」

その瞬間、保の指が両方の乳首を引っ張り、キュウッとねじって絞りあげた。

「……っぁあ……っ！」

全身の分泌線から、何かがあふれ出すような絶頂感に押し流されて、裕哉の性器がドクンと脈打つ。

「っあ、……ひ……っぁああ、……っ！」

さらに身体の奥にある感じる部分を、強く兄の切っ先に擦りあげられた。とどめをさされて、悲鳴のような声が漏れてしまう。その砲身を限界まで締めつけながら、たまらない衝動に身を任せて達するしかなかった。

「くうぅ、……っぁ、あ……っ！」

兄のものを絞りあげながら、ガクガクと腰を振る。

射精している最中に、体内に火傷《やけど》しそうな熱いものをぶちまけられた。

「やぁぁ……っ」

自分の放った熱と注ぎこまれた熱とで、身体の両側から灼かれていく。何度も射精しているように、痙攣が止まらなかった。

限界を超えた快感に、意識が少し飛んでいたのかもしれない。

ハッと気づいたときには、濡れそぼったそこから、まだ硬度を保ったままの博のものが抜き取られていくところだった。閉じきれないつぼまりから、とくりと白濁があふれる。

足を閉じてこの淫らすぎる姿を隠したいのに、太腿が小刻みに痙攣していて、まともに動くこともできない。別の生きもののように、襞や腿がヒクヒクと蠢いている。呆然《ぼうぜん》としていた。

「じゃあ、次は俺の番ね」

保が裕哉の手首を拘束するタオルをほどくなり、その身体をやすやすとマットの上にうつ伏せに押さえこんだ。さすがに呆《ほう》けていた裕哉も、危険を覚えた。

「何？　ちょっと、やだ、やめろ、待て…」

焦って声を上げる。だが、保はその足のほうに回りこんでいく。

「待てるはずないだろ。こんなところを見せつけられて」

腰を後ろから抱え上げられて起こされ、濡れたつぼまりにひんやりと外気を感じた。その直後に、逞しい保の灼熱《しゃくねつ》が入口に押し当てられる。今度は弟に犯されようとしているのだろうか。そのとき、耳元でかすかな囁きが漏れた。

「――愛してる。裕兄。ずっとこうしたかったんだ。だから、許して」

その意味を考えるより先に、一気に熱が根元までねじこまれた。

「――っ…ぁあああ……！」

ずるりと襞を押し広げて入りこんでくるものの新たな存在感に、裕哉はすくみ上がった。

絶頂直後の敏感な身体にそれは強烈すぎて、息が詰まる。

だが、保の動きにためらいはなかった。

「うぅ…、あ、あ、あ…っぁあ……っ」

さっきよりぬめりを増した内部が、保の動きを助ける。中の様子を探りながらではあったが、みるみるうちに保の動きは勢いを増し、奥までガンガンと叩きつけられるようになる。切っ先が狭い奥に突き刺さる鮮烈な感覚に新たな快感がこみあげてきた。口が開きっぱなしで、突かれるたびに涎があふれる。

「ふ、…、ん、ん、ん……っ」

こんなふうに自分の身体が、男の性器を受け入れることができるなんて、今でも信じられない。ただ揺さぶられるままに、声が漏れた。感じすぎてまともに身体も支えられない裕哉の腰を力強く抱えこみ、保がより快感を追求しようとするように揺さぶってくる。

開いた足の間で、触れられてもいない性器がまた硬くなっていく。えぐられるたびに視界が揺れ、頭の中が真っ白になるような快感にあえぐことしかできない。襞の隅々まで摩擦されていた。浅く深く、保が腰の動きを調整しながら裕哉を翻弄する。深くされるたびに腰を溶かす衝撃にうめきながら、初めての肉欲に溺れていた。

「保にされて嬉《うれ》しいか、裕哉」

博が裕哉の正面に回りこみ、あごをすくいあげた。何も考えられなくなった裕哉は、朦朧《もうろう》とした視界で兄を見た。

「わかんな……っ…っ」

だけど、これはいけないことだ。弟にこんなことをされて、気持ち良くなっている自分は良くない。泣きそうに顔を歪《ゆが》めると、博が口元に性器を突きつけてくる。顔を固定されてあえぐたびに開きっぱなしになっていた口にねじこまれると、力を失っていた裕哉ではそれを拒みきることができず、ずるりと口の中に入りこんだ。

「っん……っ」

だが喉《のど》をえぐられた途端に、それが何だか認識できて顔を背けようとした。

「いい子だ」

なのに、博に柔らかく髪を撫でられ、その感触に切なさが呼び覚まされた。この行為から博を阻害しておくのはいけないことのように感じられて、口が自然と開く。

「……っん……っ」

後ろからリズミカルに、保にも突き上げられていた。狭い浴室内では逃げ場がなく、しっかり頭を固定されるとそこから口を外すことができない。博のものはますます喉の奥に入ってくる。

「つぐ、……っふぅ、ん……っ」

呼吸が苦しかった。やんわりと舌で押し返したかったが、じゅるりと唾液をからめて吸いこんでしまう。

「……ああ、いい、裕哉」

「ぐふ、……っん、ん……っ」

ゆっくりと兄からも腰を使われた。身体の二ヵ所を性器で貫かれるという異常な状況に、裕哉はますます追いこまれる。頭がどうにかなりそうだった。

「いやらしいな。だけど、可愛い」

自分の姿は兄たちにどう見えているのかと考えただけで、目眩《めまい》がする。

突き上げられるたびに広がる下肢からの愉悦と、頬や髪を優しく撫でる博の指と、喉まで占領する弾力のある肉塊の存在に、裕哉は性感を刺激されて、絶頂へと押し上げられていく。

「ぐふ、ん、ん、ん……っ」

喉まで受け入れた状態で突き上げられ、兄のものに歯を立てずにいるためには、積極的に舌をからめるしかなかった。苦しいのに、気持ちがいい。涙や鼻水で顔面がぐちゃぐちゃになっていた。

襞をうがたれる激しさに合わせて、腰まで揺れてしまう。たっぷりと注がれた白濁を攪拌《かくはん》するように保のものが深く浅くリズムを刻み、縁からあふれ出したものが腿を伝う。動きは激しさを増すばかりだ。

保の動きにすくみ上がる裕哉の舌や唇の動きが複雑な刺激を与えているらしく、口の中でも性器が一段と逞しくふくれあがっていた。

「つぐ、……っふ、ん、ん……っ」

喉をさらにふさがれて抗議するように涙目で見上げると、博は頭を撫でて、褒めてくれた。

「上手だな、裕哉は」

保に突き上げられるたびに送りこまれる身も心も蕩《とろ》けそうな快感を散らすすべがなく、裕哉はいつしか口の中のものを一心にしゃぶりたてるようになっていた。

「んっ、……ふ、ン……」

「こんなに腰を振るなんて」

「ここまで適性があるとは思わなかった」

「さすが、可愛い裕哉だ」

頭上でかわされるやりとりに、裕哉の身体はますます淫らに溶け落ちていく。喉深くまで突きこまれる息苦しさすら、快感にすり変わりつつあった。

上と下から二つの肉棒が同時に突きこまれ、抜かれていく。裕哉の身体から力が抜け、二本の肉棒で身体を支えられているような状態だった。突きこまれ、抜かれるたびに、全身に痙攣が走る。何度も達しそうになったが、二人は動きを加減してそうさせないように焦らしてきた。

すでに何度もはぐらかされ、裕哉は理性を全て剝《は》ぎ取られて、ギリギリのところまで追いやられていた。腿が震え、顔面が涙でぐちゃぐちゃだった。

達しそうになったところで動きを緩められ、裕哉は抗議するように腰を振った。喉の奥で、低くうめく。

「裕兄、もう我慢できない？」

保の指先が足の間に伸ばされ、蜜の源である先端の割れ目を探るようになぞる。

「っぐ、ふぁ……っ」

その鮮烈な快感に、思わず悲鳴が漏れた。

達しそうなのに、根元をぎゅうと指で締めつけられて、射精を封じられる。

先端をいじられるのに合わせて突き上げられ、粘膜をえぐる性器の逞しさに我慢できず、涙があふれた。

「そろそろイかせてやれ」

「あとちょっと」

上と下の敏感な粘膜を二本の楔でえぐりたてられ、頭の中で火花が散る。

乳首に博の手が伸びてきて、尖りきった粒を慎重につまみ上げた。ぎゅううっと前のほうに引っ張られ、ねじられて離される。

「っふ」

だが、また博の指が戻ってきた。上下の口と性器に乳首と、感じるところは全て二人の兄弟に占領されている。

「そろそろか？」

「だな」

さらに激しさを増していく律動と、強くなる悦楽――。

その最後に乳首を思いっきり引っ張られ、のけぞったのと同時に深くまで貫かれた。性器の根元から指が外され、射精をうながすように尿道口をぬるぬると撫でられる。

「――っ！」

頭の中で、閃光《せんこう》が爆発したようだった。

裕哉はたまらず、頬に叩きつけられるものの勢いに、全身を震わせて達していた。

「――ぁ、あ、あああ……っ」

身体の奥に、保の熱いものが注ぎこまれるのがわかる。その衝撃に吐息を漏らした裕哉の顔面に、博の白濁が噴射された。ぞくっと、頬に叩きつけられるものの勢いに、身体が芯のほうから痺れる。

「ん、ん、ん……っ」

後は何もかもわからなくなった。

気がついたとき、裕哉は自分の部屋のシングルベッドに寝かされていた。ベッドの左右に博と保が座っていて、ボソボソと話し声が聞こえてくる。何を話しているんだろうと身じろいだ瞬間、二人の声が消えた。裕哉は薄く目を開く。

「起きたか」

博が額に触れ、体温計を取り出して、裕哉の脇《わき》に挟みこんでくる。触れられただけでも肌が敏感になっているのか、ぞくりと甘い震えが走った。

裕哉はまじまじと二人を見る。

二人とも全く悪びれるようなところはなく、いつもと変わらない態度に思えた。

——あれは……夢……?

お風呂で湯あたりをして、妙な夢を見たのだろうか。

しかし、身じろいだ瞬間、つながりあっていた部分がズキリと鈍い痛みを訴える。それだけではなく、全身が怠くキシキシ痛んだ。やはりあれが夢であるはずがない。兄と弟に犯されたと思うと、不安と混乱がこみあげてきた。

——どうしてあんなこと……。

ずっと兄弟三人で協力して生活してきた。最近はだいぶ博と保の仲が悪くなってきたようだったが、間を裕哉が取り持てば和やかな空気が生み出せていた。なのに、こんなことをされて、裕哉はどう対処していいのかわからなくなっていた。

混乱と衝撃に泣き出しそうになっていると、博が心配そうに眉《まゆ》を寄せた。

「どうした？　痛いか？　切れないように細心の注意を払ったつもりだが、私の後の乱暴者が無茶《むちゃ》をしたかもしれない」

「俺のせいじゃないだろ」

「そうじゃなくて、どうしてあんなこと……」

二人の会話を断ち切るように言うと、保が落ち着いて応じた。

「二十歳の誕生日に、そうしようって決めてた。互いにどっちが抜け駆けするかで落ち着かなくなっていたし、裕兄も三人でって言ってただろ。こういうのは身体の相性も大切だから、まずは三人で」

――どういうこと？

やっぱり、何かが理解できないままだ。

きょとんとした裕哉を博が熱っぽく、見つめてきた。

「あそこまで感じるとは思わなかったな。おまえは昔から肌が敏感で、パウダーをはたいてやっただけで、くすぐったそうにしてた」

「あんあん言ってて、可愛かった」

「強引にすればどうにかなるというおまえの持論は正しかったようだ」

「ただし、怖がらせたり、痛がらせたりしたら台無しとも言ったぜ」

「上手にやっただろ？」

全く悪びれない二人を見ていると、裕哉の常識のほうがぐらついてきそうになる。裕哉はガリガリと髪をかきむしってから、二人に叩きつけた。

「だから、そうじゃなくって……。どうして俺に、あんなことをしたかってことだよ……！」

「好きだからに決まってる」

間髪入れずに博が答え、トクンと鼓動が跳ね上がった。負けじと保も告げてくる。

「博兄よりも、俺のほうがもっと裕兄のことが好きだけどね」

その言葉に、また胸がキュンとした。裕哉はまじまじと二人を眺めてしまう。これはいったい、どういうことなのだろうか。二人がやたらと自分にかまってきたのは、兄弟愛以上の深い意味があったということなのだろうか。

だが、すぐにそれを受け入れることなどできそうになかった。

「だけど……、好きだからって、こんなことをするのは、変だよ！」

即座に博が切り返した。

「何が変だ？　世間のカップルや夫婦というのは、好きだからセックスしている。裕哉は私や保のことが好きではないのか」

この頭の切れる兄に、理屈で勝てた試しがない。だが、さすがに今だけは押し切られるわけにはいかない。

「好きだけど、でも兄弟だろ！」

「兄弟ならいけないなんて、どこかにそんな法律があったかな。知ってるか、保」

モデルのバイトをしつつも法学部に通っている保は、軽く肩をすくめて答えた。

「兄弟で婚姻はできないけど、セックスは禁止されてはいない。逆にそんな刑法があるというのなら、教えて欲しいけどね、裕兄」

頭のいい二人を相手にすると丸めこまれそうになるが、裕哉は必死で言いつのる。

「でも、変だって！　普通の兄弟は……あ、……あんなこと、しない！　しかも、男同士なんだし！」

「バカだな、裕哉は」

博は眼鏡のフレームを指先で押し上げて、子供を諭すように言った。

「近親婚が禁止されているのは、遺伝上の問題があるからだ。だが、いくら頑張っても私とおまえの間に子供はできない。そうである以上、何ら問題はない」

「え？　だけど……っ！」

ぐるぐると頭が回った。

博と裕哉の間で、子供はできない。あたり前だ。できたら困る。だが言い返そうとしているうちに、何が問題なのかわからなくなってきた。

「とにかく、こんなのはダメと言ったらダメ……！」

そのとき、脇に挟んだ体温計が鳴った。

　博がそれを抜き取った。

「平熱だ。数日は少し違和感があるかもしれないが、それは普段使わない筋肉を使ったためだと思え。このまま慣らしていけば、もっと楽しめるようになる」

「え？　慣らす？」

　また兄はあのようなことをしようとしているのだろうか。凍りついた裕哉の頭を保が大きな手で引き寄せて、おでことおでこを愛しげにくっつけた。

「何だったら、今夜は俺が添い寝しようか、裕兄。何か痛かったり、困ったことがあったら、何でも言ってくれたらいい。——三人が嫌だというのなら、博兄か俺か、早くどっちかを選べ。そうすれば、もう一人は大人しく手を引くことになってる」

「そうだ。早くどちらかを選べ。保は気の毒なことになると思うが、こいつならすぐに新しい恋人を作る。浮気者だからな。私とは違って」

「ん？　自分が選ばれること前提？　むしろ、博兄のほうがフラられることを覚悟しておいたほうがいいんじゃないかな？　恋人の甘やかせ方や遊び方は、俺のほうがずっと心得てる。誰かさんみたいに弟一筋の朴念仁とは違って、いろいろ修行してきたからね」

「おまえみたいな浮気者に、裕哉を渡せるものか」

　険悪なムードになった二人は、裕哉につめ寄ってきた。

「すぐに私を選べ」

「冗談。裕兄が選ぶのは俺だって」

「私に決まってる」

そんなふうに迫られても、裕哉に選べるわけがない。

そもそもあんなことをされて、しっかり反応してしまった自分へのとまどいが強すぎて、何も考えられないでいるものだ。

「どっちも無理」

そう言ってきっぱり断ったつもりだったが、二人は自分が拒まれたとは受け取らなかったらしい。

博が、裕哉の頭をそっと撫でた。

「すぐにはさすがに選べないか。おまえは優しい子だからな。保にショックを与えてはいけないという思いやりが……」

「俺じゃなくて、そっちのが問題だろ？　裕兄にフラれるなんてことがあったら、クリニックをいきなり閉じるどころか、世をはかなんで自殺しかねない」

——え？　そんなに……？

裕哉は目を丸くする。兄と弟からべたべたに甘やかされている自覚はあったが、兄はそこまで危険なのだろうか。

「おまえだって、平然としてはいられないだろう。昔から裕哉に求愛するのが怖くて、女の子を大勢侍《はべ》らせて、ごまかそうとしていたくせに」

何が何だかわからなかったが、兄と弟の不毛な会話を断ち切るために裕哉は口を開いた。

「まだ、どっちを選ぶかなんて無理だよ」

本当はどっちも無理だと改めて伝えたかったのだが、自分の選択が思わぬ事態を引き起こす可能性を考えてさすがにそれは自重する。

その決断に、博は小さくうなずいた。

「そうだな。ゆっくり選べばいい。結論は決まっているだろうが。まずはゆっくり寝ろ。ただし、この外見ばかりのバカ男に夜這いなどされないよう、内側からしっかり鍵《かぎ》をかけておくように」

「俺より、猫かぶりの鬼畜兄のほうが問題だろうが。――お休み。裕兄。可愛かったよ」

何一つまともな反論ができないでいるうちに、保が軽く頬にキスを残して、二人とも部屋から出て行った。

一人で残されると、余計に裕哉の頭はぐるぐるしてきた。

――何で何で何で……？

いったい何が起きたのか、裕哉はまだ納得できていない。

二人からされた愛撫《あいぶ》が全身にまとわりつき、体奥にはまだ固い楔を突き立てられているような感覚が残っていた。

――好きって言われたけど……。

三人で仲良くずっと暮らしていけたらいいと、両親を亡くしたときから漠然と考えていた。だが、裕哉は二十歳の大学生で、保ももうじき成人だ。大人になればそれぞれに別の道を歩み始めるものだと寂しく思っていたのに、二人はそう考えてはいなかったのだろうか。

——どうしよう。……どうすれば……。

どちらかを選択すれば、ずっと一緒にいてくれるのだろうか。だけど、それはいいことなのかどうかわからない。

ぐるぐると頭の中をいろいろな考えが駆け抜ける。ついでに、抱かれたときの甘ったるく恥ずかしい自分の声が耳元で蘇《よみがえ》り、顔が真っ赤になった。

——俺のバカ。あんなに反応して……恥ずかしい……。消えたい。

男に抱かれる想像など、一度もしたことはなかった。だが、裕哉の身体は二人のものを呑みこみ、たまらなく気持ちよくさせられた。

あんなことをさせられて、二人のことをキッパリ嫌いになれれば良かったのかもしれない。なのに、自分を抱いたときの兄や弟の表情が蘇るたびに鼓動が乱れ、肌がざわつく。二人の体温が肌に染みつき、思い出しただけで鼓動がどんどん乱れていく。自分はいったい、どうなってしまったのだろうか。

——まずは、夜ちゃんと、鍵を閉めて寝ようかな。

それ以外に何一つまともなことは思いつかないまま、裕哉はドアの鍵を閉じてベッドに這い戻った。気がつけば今日の疲れで、ぐっすり眠りこんでいた。

　翌日もまともに頭が働かないまま、裕哉は大学から戻ってから誰もいないキッチンで夕食を作り始めた。何かモヤモヤするときには、こうして身体を動かしているのが一番だ。そろそろできあがりそうになったとき、保が戻って来た。

「ただいま。いい匂い。今日は何？」

　保は裕哉の肩越しに鍋《なべ》をのぞきこむ。鍋の中で麺《めん》を茹《ゆ》でている最中だった。裕哉は忙しくまな板の前に戻って、キュウリやトマトを切っていく。

「パスタ？」

　言われて、裕哉は冷蔵庫からキムチを取り出しながら答えた。

「外れ。こないだ、おまえがロケ土産に買ってきた冷麺。それと、ホタテとムール貝のバター炒《いた》め。特売だったから」

「おいしそうだな。何か、手伝う？」

「いい。すぐにできるから」

　言うと、保はキッチンの椅子《いす》に座った。何気なく視線を向けると、保は何をするでもなく、頬杖をついて裕哉が料理しているのを眺めているだけだ。

　昔から保は、キッチンでこうしていることが多かった。もしかしてあれは料理を待っていたのではなく、自分を見ていたのだろうか。

――まさか。

だが、思い当たることがあってドキッとする。

いつになく視線が気になって振り返ると、目が合ってにっこりされた。

「皿、出そうか？」

「ん。頼む」

そう言うと、保は気楽に立ち上がって食器棚から皿を取り出してくれる。その身体つきが綺麗《きれい》で、今度は保に裕哉が見とれる番だ。

服越しでも感じ取れるしなやかな筋肉のライン。骨のしっかりとした手首には、誰かからもらったというオメガが巻かれている。均整の取れた美しい姿が動くのは、見ているだけで気持ちがよかった。

「どうかした？」

皿を持ったまま不思議そうに言われて、裕哉はハッとした。

「そこ、置いて」

あわてて皿に、冷麺を盛りつけていく。

――だけど、何で俺なんだろう。

昨日からずっと考え続けている。

平凡な見かけの自分が、兄や弟に遥《はる》かに見劣りすることは事実だ。自分の客観的評価ぐらい、普通に学校に通っていれば、友人や特に女子の反応を見ていればわかる。兄や弟がことさら自分に甘いのは、血縁だからという理由以外に思い当たらなかった。

――それと、おいしいものを作っているからと。

考えながらも、裕哉の手はよどみなく動いて、冷麵の上にトマトとキュウリとキムチを乗せ、さらに二つに切ったゆで卵と水菜を飾った。

「お待たせ」

裕哉は皿を保の前に置く。さらにバター炒めも、別の皿に盛りつけてテーブルの中央に乗せた。

「博兄は?」

向かいの席に座ると、保に聞かれた。

眼科クリニックの所長をしている博は、よっぽどな用事がない限り、いつも夕食時には戻っていた。

「連絡ない」

連絡がないときには仕事が忙しいときだから、先にすますことになっていた。

テレビをつけ、冷麵を食べていると、保が声をかけてくる。

「裕兄のご飯は、めちゃくちゃおいしい」

目が合うと、甘く微笑まれた。保はメンズモデルとして、大手の事務所からも誘いがかかっているそうだ。容姿だけではなくて気が利くし、優しい。自分と同じ血が流れているのが不思議なほどの整った顔で意味ありげに見つめられると、自然と鼓動が乱れ始めた。

昨日までは、こんなふうにならなかったはずだ。だけど、博や保の欲望を受け入れた後となると、どうしても意識してしまう。

口の中の冷麺を呑みこんでから、裕哉は兄ぶって切り出した。

「あのさ。おまえ、たくさん彼女いるだろ」

「――いるけど」

「だったら、どうして俺にまで興味があるわけ？」

「冗談とでも思ってんの？」

保は笑みを引っ込めて、強い視線を向けてくる。いつになく真剣な眼差《まなざ》しだった。軽く見えがちな保だったが、意外なほど誠実で真面目《まじめ》なところがある。弟の本気を感じ取って、裕哉はぎこちなく視線を外そうとした。その前に、熱のこもった声で囁かれる。

「俺にとって、大切なのは裕兄だけ。他のは全部遊び」

「――嘘《うそ》だ」

裕哉は即座に遮る。

弟がどれだけ大勢の女性と付き合ってきたのか、裕哉はよく知っていた。一つ違いだから同じ高校に通っていた時期もあり、保の女性遍歴は自然と耳に入ってきたのだ。

その中にはすごく綺麗だったり、可愛いと言われていた女子もいた。今でも保がよく女の子とデートしているのを知っている。彼女たちに比べて、自分がどれだけ見劣りするのかは考えなくてもわかった。保が自分に気のある態度を取るのは、博に対抗心を燃やしただけだろう。そう思いたい。

「おまえさ、恋愛についてだけは嘘つくなよ。みんながおまえみたいに器用ってわけじゃないから。いつか報復受けるからな」

「あくまでも嘘ってことにしたいわけ？　俺がどれだけ本気なのか知ろうともせず」

いつも笑って冗談めかす保の声はいつになく冷静で、裕哉の鼓動は跳ね上がった。

昔から泣き虫の保を勇気づけて励ますのは、裕哉の役目だった。

『保。保。泣くなよ。兄ちゃんがずっとついててやるから』

自分より一才下の保の、熱くて細い身体を抱きしめ、裕哉はいつもそう言って慰めた。

保といたことで、裕哉も慰められたと思う。

親がいない寂しさは、裕哉もよく知っていた。授業参観や運動会。卒業式や入学式。そのたびに親と一緒にいる他の子がうらやましくて、寂しくて胸がイガイガした。保には自分と同じ寂しさを味わわせたくなかったのだが、そうはいかなかったことだろう。

だけど、逞しく成長して、そろそろ自分のことなど一顧だにしなくなると思っていたのに、そうではないことが驚きだった。

「裕兄のことが大切だった。だけど、離れなければならないと思ってた。だからいろんな子と付き合ってみたんだけど、誰と付き合っても裕兄と比べてしまうなんて最低だよね」

保の手が裕哉の手に伸びて、そっと上から包みこんでくる。

その指先が、裕哉の手の甲を撫でた。それだけで、心が痺れていく。弟の心の奥底にある思いを知りたいと思ってしまう。

「俺が死んだら、本気で泣いてくれるのは裕兄ぐらいかも。そんなふうにも思うよ。クールだの何だのって、付き合ってきた女の子から言われてきたけど、俺は本当はクールじゃない。そのことは、裕兄なら知ってるはずだよね」

そんな囁きとともに見つめられると、ドキドキが大きくなっていく。

そのとき、ドアが大きな音を立てて開け放たれた。

キッチンの入口に立っていたのは、外から戻ってきたばかりの博だった。

その眼鏡越しの視線に炙《あぶ》られて、裕哉は保に握られていた手をやんわりと振りほどく。

博がキッチンに入りながら、保に鋭い一瞥《いちべつ》を投げかけた。

「――抜け駆けしなかっただろうな。裕哉自身が結論を出すまでは、何も強要するなと約束したはずだ」

保は裕哉に向ける表情とは打って変わった冷淡な笑みを浮かべた。

「そんなにも俺に抜け駆けされて、裕兄を奪われるのが怖い？」

「おまえなど怖いはずがあるか。私が選ばれるに決まっている。だが、その前に裕哉を惑わせるような妙なことをするなって言ってるんだ。そんな場合には、裕哉を仕置きしてやるからな」

博の目がいきなり自分に向けられ、裕哉は焦った。

「な、なんで俺が仕置き？」

「決まってる。保に仕置きなどしても、全く楽しくないからだ」

兄のありえない理論に身体がすくみ上がってしまう。博が言う仕置きという意味が、今は性的なものに感じ取れるだけになおさら恐ろしい。

「お、俺は何もしない！　自分からは絶対しない！　絶対に！」

あわてて主張し、席を立った。キッチンから出て行こうとすると、博が言う。

「後でシャワーを浴びて、私の部屋に来い」

「ななな、なんでシャワー？」

昨日のことがあるだけに、裕哉は緊張してしまう。博は医者の顔で言った。

「昨日のが傷になってないか、調べる必要があるんだ。まだ違和感が残っていたり、襞が熱を持っているような感じはないか」

「少し……」

まさに一日中、その症状に悩まされていただけに、裕哉は思わずうなずいた。

「だったら、なおさら調べておく必要がある」

「けど、別に大丈夫だよ。放っておけば自然に……」

それだけではすまされないような気配にあわてて逃げようとしたのに、博はすかさずぐっと手首をつかむ。保がソファをフラットに倒すなり、裕哉はそこに運ばれて仰向《あおむ》けに投げ出された。

「大丈夫じゃない。嫌がるなら、早々に調べておこうか」

「ばっ、バカ、放せってば！　早くご飯食べろよ……！」

じたばたする裕哉は二人がかりで押さえつけられる。

「さぁ。覚悟しておけ」

「裕兄、これはただの診察だからさ」

「嘘だ！　もう騙《だま》されない……っ！」

さすがに昨日のあれが普通ではないという判断ぐらい、裕哉にもできていた。

だが、いくら暴れてもジーンズのジッパーを下ろされ、足首から抜かれていく。

二人がかりでは、到底かなわないのが悔しかった。


――どうにかしなくては……！

連日の兄と弟の暴行に、裕哉は悩んでいた。身体も大変だったが、何より心が落ち着かない。

嫌で不快なだけならともかく、二人がかりで何かと裕哉を感じさせようとしてくるのが困る。毎晩さんざんあえがされ、何度も搾り取られ、中にもたっぷり入れられて、昼間だというのに襞が疼いて、またそこをいじられたいような感覚がつきまとうほどだった。

――こんな身体になったら、まともに女の子と付き合えなくなるだろ！

さんざん女性と付き合ってきた保や、そもそも全く女性に興味がないという博とは違って、裕哉は健全な男女交際に夢と希望を持っていた。なのに体験したことがないのは、単にモテなかったからだ。それだけに、道を踏み外すのが怖かった。抱かれるのに慣れたら、性癖まで変わってしまいそうで恐ろしい。

二人を相手にしては身体が持たないから、せめてどちらか一人がいいのだが、選ぶまでは共有だと主張されているのも辛かった。

——どっちも選ぶわけないじゃん。

どっちも嫌だと言いたいのだったが、下手に切り出したら何をされるのかわからない。そんなところが、兄と弟にはある。

兄も弟も表面上はひどく落ち着いて見えるが、爆弾のようなものを抱えているような気がするのだ。

——俺にしかわからないだろうけど。

上手に二人をあしらえない自分にガッカリしつつ、裕哉は支度を調えて博の眼科クリニックに向かった。年に一度は目の検診を命じられていた。

午後の外来の診察はすでに終了して、正面ドアは閉じている。それはいつものことだったから、通用口から入って院長室に向かった。だが先客があるようで、ドアの隙間《すきま》から落ち着いた兄の声が聞こえてきた。

「ええ。……私にそのつもりは全くありません。お話をいただいたことには感謝しますが、写真をお持ち帰りいただけますか」

外での兄は、頼りがいのある医師そのものだ。クリニックは院長である兄の人柄と美貌《びぼう》で繁盛していると言われている。

「だけど、君もそろそろ身を固めていい年頃だろ。弟たちも手を離れたころだし、いい機会だと思うが」

弟たち、という言葉に、裕哉はドキリとした。立ち聞きするつもりはなかったが、思わず足が止まった。

「写真は置いていくから、考えておいてくれたまえ。ぼくの娘は――親が言うのも何だが、気だてもよくて、可愛くて頭もいい。保証するよ。君の人生の助けになってくれると思うが」

――娘？　写真？

一歩も引こうとはしない相手に、兄は重ねて言った。

「ですから、申し訳ありませんが、私にそのつもりは全くありません」

「前にも、そう言って断られたな」

その男の愉快そうな笑い声が響いた。

「ぼくは君を買ってるんだ。そうじゃなければ、無担保でここの開業資金を出したりしない。ここの融資について、来年あたりに銀行も入れてあらためて話し合うことになっていたね。そこでいい条件を引き出したければ、ぼくの娘と見合いしなさい。いいね」

――見合い？　兄ちゃんが……？

裕哉は固まる。

容姿も良く、高収入の眼科医であり、周囲に女性の影のない博には、いろんなルートを通じて見合いの話が持ちかけられる。兄はその全てを断っているようだ。女など面倒なのだろうと思っていたが、その理由に自分が関《かか》わっている可能性はあるのだろうか。

兄の声が冷ややかに、不穏に潜められた。

「つまり、あの無担保無利子の融資や、数年ごとの見直しは計画ずくだったということですか。どうせ何かを企《たくら》んでいるとは思ってましたが」

裕哉なら震え上がる兄の声を、その客は愉快そうに笑い飛ばした。

「もちろんだ。そうでなければ、無担保で億の金を融資するはずがなかろう。……返事はすぐでなくてもかまわない。来週まで待とう。吉報を期待している」

男が席を立つような気配に、裕哉はあわててドアの前から離れた。

ほどなくして院長室から出てきたのは、恰幅《かっぷく》のいい中年男性だった。人生の成功者といった自信に満ちている。裕哉の方を見ずに、上機嫌でクリニックの通用口に向かって歩いて行く。

——あれは確か……。

前に一度、紹介されたことがあった。兄が開業するときに世話になったコンサルタントの玉野《たまの》だ。

億の金を融資してくれたとなれば、兄が唯一頭が上がらない人間に違いない。

だが、その姿がクリニックから消えるか消えないかのうちに、兄の怒鳴り声が廊下まで響いた。

「塩をまけ！」

あわてて裕哉は院長室に入る。兄は置いていかれた写真をシュレッダーの中に呑みこませている最中だった。

「しかし、こういうのは、せめて送り返したほうが……」

その横で事務長がオロオロしている。兄は外では猫をかぶっているが、キレたときの容赦のない態度には、裕哉も目を丸くするほどだった。

「かまわん」

「あ、身上書はどうなさいますか」

「もちろん、それも捨てる」

兄はおろおろしている事務長の手から素早くそれを奪って、シュレッダーに呑みこませた。

「しかし、こういうものは先方に……」

「かまうもんか。玉野は今後出入り禁止だ！　二度とうちの敷居をまたがせるな。電話も取り次がなくていい！」

多額の融資をしてくれている相手にそんなことをしたら、ややこしいことになりそうだと大学生の裕哉にもわかる。それくらい見合いを強要されるのは、兄にとって不愉快な出来事なのだろうか。

——そんなに嫌わなくても、女の人と付き合ってもいいと思うのに。

裕哉はモテないから女の子と付き合ったことがなかったが、彼女というものに対する漠然とした憧《あこが》れがあった。きっと優しくて、ふわふわしていて、綺麗で素晴《すば》らしいはずだ。

そのとき、博がふと顔を上げた。

裕哉を見るなり、厳しかった表情がふっと緩む。

「何だ、来てたのか」

「うん」

「診察室へ行くぞ」

あごをしゃくり、白衣の裾を翻して歩き出す博は、クリニックで見ると一段と格好がいい。すっきりとした細いメタルフレームの眼鏡が怜悧《れいり》な光を宿している。

「博兄、――あのさ……」

診察室に向かいながら、裕哉はうるさがられるのを承知で切り出した。

「何だ？」

「恋人とか、作らないの？」

その途端、博は足を止めた。振り返るなりきつい眼差しを浴びせかけられて、裕哉はすくみ上がる。

「それは、どういう意味での質問だ？」

博の声は凍りつくような冷たさだ。

裕哉はごくりと息を呑んだ。恋愛話を振っただけで、ここまで不機嫌になられるとは思わなかった。

「ええと、……単に一般論？　……気になっただけというか。兄ちゃん、すっごくモテるのに」

「じゃあ聞くが、恋愛のどこがいい」

廊下で思わぬ質問を返されて、裕哉はきょとんとした。

「どこって？」

診察室の前だ。博は絶句した裕哉にあごをしゃくって部屋の中に入り、ドクター用の椅子に腰かける。長い足を組み、机に軽く頬杖をついた兄からかすかな苛立《いらだ》ちが漂っていた。

「さぁ、聞かせてもらおう。恋愛には、どこにメリットがあるんだ」

「ええと、……胸がほわほわして、幸せな気持ちになるとか？」

裕哉には全く恋愛経験はなかったから、こんなふうにあらためて聞かれると、しどろもどろになる。

フンと兄は鼻で笑った。

「そんなものは、おまえを見るたびに味わってる」

ドキッとしたが、ここで流されるわけにはいかない。兄をまともな道に戻すために、裕哉は言葉に力をこめた。

「それだけじゃないよ！　女の子の手を握ると、嬉しくなったりするんだよ」

「ほう」

兄の瞳が底光りした。

「おまえは誰か特定の彼女を作ったことがあるのか？」

不穏な笑みがその口元をかすめる。過去に裕哉に怪我を負わせた相手を、兄が半殺しにしたことを思い出す。

下手にあやしまれて身近な女性が兄に恨まれることがないように、裕哉は全力で否定した。

「いや！　俺は彼女なんていないけど、全くいないけど、単なる一般論として。ほら、彼女がいるだけで人生薔薇色って言うじゃないか。毎日、電話したり」

「電話など時間の無駄だ。さっさと要件だけ伝えるのが一番良い。すぐに要件に入らずにぐだぐだと世間話などされたときには、私はむしょうに苛つくんだが」

こんなクールな兄に女性と付き合う良さを説いても無駄な気がしてきた。裕哉は作戦を変えて、即物的なメリットを説くことにした。

「おいしいご飯を作ってくれるとか」

「おまえのご飯が、世界で一番おいしい」

「エ、エロいことさせてくれたり……」

「おまえがいれば十分だ」

至極もっともそうに言い放つ博の態度に、裕哉は思わず切れた。

「俺は兄ちゃんの恋人じゃない！」

「……っ」

ムッとしたように博の眉が上がり、いきなり手が伸びてきて胸元をつかまれる。机まで引きずられて、その上に仰向けに押し倒され、頬をつかまれて唇を奪われそうになった。いきなりの行為が受け入れられず、裕哉は懸命に首を背けた。

「離せ…っ、や…っ！」

「離せと言われて離すほど、私は甘くない」

腹のほうからシャツの下に博のひやりとした手が入りこんできて、裕哉は大きく震えた。

「やめろ！　そんなことをする兄ちゃんは嫌いだ！」

「今度は嫌いか？　嫌いと何度言っても、おまえはすぐに私に甘えてきただろうが」

冷ややかに博は言い切ったが、その目の中には複雑な感情がこめられていた。

兄が二人の弟を育てるために、どれだけ苦労をしてきたか、裕哉は知っている。医学部を目指して勉強しながらだから、並大抵の苦労ではなかっただろう。

それでも、親のように厳しく自分たちを支配しようとする兄とはたびたびケンカした。

中学生になっても友人宅に泊まるのを許してくれない兄がわからずやに思えて家を飛び出し、夜遅くに警察に保護されたとき、迎えに来てくれた兄の姿を不意に思い出す。いつになく泣き出しそうな顔をして、いきなり裕哉の頬を平手打ちしてから抱きしめてきた。その腕には痛いぐらいに力がこめられていて、どれだけ兄を心配させたか伝わってきた。つられて裕哉も泣いてしまったほどだ。

――そのときから、兄ちゃんは俺のこと好き？　昔の好きと、今の好きは違うの？　兄弟の好きと、恋人の好きはどう違うの？

好きという気持ちはよくわからない。ただ何となく兄弟でそんなことをするのは、間違っているよ

0.1
0.2
0.3
0.4
0.5
0.6
0.7
0.8
0.9

うな気がするだけだ。二人にためらいがないからには、自分がどうにかしなくてはならないという思いが強い。

唇がふさがれ、口づけが深くなった。ねじこまれた舌がもたらす甘さと息苦しさに、裕哉の涙腺《るいせん》がじわりと緩む。兄の愛を無条件で受け入れたら、この胸の痛みは消えるのだろうか。それとも、もっと苦しくなるだけなのか。

両親の葬式のときに、血が通わなくなるほど兄の拳《こぶし》が固く握りしめられていたことを遠く思い出した。あのときから、兄は二人の弟を守ってくれた。世間の荒波を一身に受け、寂しいと泣く弟たちを叱りつけ、愛情で包みこんでくれた。

並々ならぬ苦労があったからこそ、兄は何かと足を引っ張ってきた裕哉に肩入れし、その結果、何かを間違えてしまったのではないだろうか。

続けられるキスに溺れそうになっていく。

背徳感ばかり感じるのに、どうして自分は兄を拒めないのだろうか。兄を嫌えるはずがない。与えたものより、与えられたもののほうが大きいからだ。だけど、これでいいはずがないのに。

すがるものを求めて手が空をさまよう。兄の肩にだけは回してはいけない気がした。

「――っ……！」

そのとき、金属の機器が指に触れて、床に落下した。そのけたたましい音に、裕哉はハッとする。弾かれたように兄の身体を押し返し、その腕から逃れた。脱兎《だっと》のように部屋を飛び出し、全速力でクリニックから逃げ出した。ひどく鼓動が騒いでいる。兄のキスは甘くて、逃れられなくなるような魔力を秘めていた。

しばらく路上を走ってから足を止め、息を整えながら立ちすくむ。クリニックは駅前の商店街の、人通りの多い場所にあった。あたりを見回すと、日常の喧噪《けんそう》がそこにあった。少し前まで兄とキスしていたことが夢のように思えてくる。

――どうしたらいいんだろ。

呆然と道端で立ちすくみながら、裕哉は考える。

このままでいたら、流される。抱かれるたびに快楽を教えこまれ、逃れられなくなる。一刻でも早く、兄と弟を正道に戻さなければならない。

――どうしたら……。

そのとき、兄に見合いを持ちかけた相手のことが頭をかすめた。

――やっぱり、お見合いかな……。

あれほどまでに反発していた兄が大人しく応じるとは思えなかったが、それでも女性と顔を合わせてデートをすればその良さに気づくこともあるだろう。

兄が自分に向ける愛情は何かの間違いであって、それをあるべき方向に導いていくのが弟の務めだと自分に言い聞かせた。

玉野、というコンサルタント会社の連絡先は、すぐにわかった。帰宅して兄の部屋に忍びこんだら、本棚の片隅に年賀状の束が置いてあった。その中に、玉野からのものが混じっていた。

——しかも、プライベート家族写真付き！

ビジネス用の年賀状ではなく、わざわざ家族全員揃っての写真が載っている年賀状を送付してくるからには、玉野はやはり前々から兄を狙《ねら》っていたと考えていいだろう。

娘の写真を見て、裕哉は思わず息を呑んだ。

——なかなかの美人……！

柔らかで優しげな顔立ちだった。不思議と懐かしいような感覚があって、しばらく眺めていたらその理由がわかった。裕哉たちの母に似ているのだ。いつも居間に飾られている写真と、目元や雰囲気が似ていた。

短く一言近況が印刷されていたが、玉野の一人娘は、公認会計士の資格試験に合格したそうだ。かなり優秀な女性でもあるのだろう。兄も一目置くはずだ。

裕哉は年賀状を持ってすぐさま自分の部屋に引き返し、緊張に上擦る声で玉野の事務所に電話をかけた。

玉野は裕哉からの申し出に驚いた様子だったが、見合いをすることについては大賛成してくれた。

玉野とはあらためて顔を合わせて細かい見合いの打ち合わせをすることにして、電話を切って居間に戻ると、キッチンから出てきた保とばったり顔を合わせた。

シャワーを浴びた後のようで、髪が濡れていてシャンプーの匂いがする。

ビールの缶を持った保に、裕哉は兄の見合い話への協力を求めようと、息せき切って言った。

「ちょっと相談があるんで、おまえの部屋に行ってもいいか？」

保は気楽にうなずいてくれると思ったが、不審そうに眉を寄せた。

「いや、今はちょっとマズい」

「何で？」

言い返したとき、保の手にあるビール缶が二つだということにあらためて気づいた。もしかして、客が来ているのだろうか。

昔から保は兄の留守に、部屋に恋人を連れこむことがあった。最近はあまり家でそういうことはしなくなったが、シャワー後というのはそういうことなのだろうか。

——え？　何で……？

裕哉はマジマジと保を見る。保は自分とあんなことをしたのに、他にも誰かと付き合っているのだろうか。博が保のことを浮気者と言っていた言葉が頭をかすめ、保が同時期に複数の彼女を持っていたことも思い出して、冷たい感情が胸に広がる。

保にとって、自分は大勢の中の一人に過ぎないんだとわかって、ガッカリしたような、ホッとしたような複雑な思いになった。そのことについては直接問いただせず、ぎこちない笑みを浮かべるしかなかった。

「じゃあいい」

「悪いね。この後、出かけるから」

保は軽い調子で言って、階段を上がっていく。

女性用のパンプスが玄関にあるのを確認して、裕哉はむなしさと脱力感を覚えて、壁にもたれかかった。

——誰なんだろ。

胸の奥がズキンと痛む。おそらく美人に違いない彼女の顔を見たくなくて、裕哉は自分の部屋に閉じこもる。

ベッドに転がり、隣の部屋の物音が聞こえてこないように、部屋のテレビの音を大きくした。すぐに保たちは出て行ったようだ。

翌朝、玉野と会って、見合いの段取りについて打ち合わせた。まずは場所や時間を決め、裕哉は兄を必ずその席に連れていくことを請け負った。

——かといって、兄ちゃんのことだから、素直に行くとは思えない。

何か理由をつけて、騙して連れていくしかない。

裕哉は玉野と別れて帰宅する最中に、いろいろと考える。

その日、戻ってきた博に、裕哉は緊張しながら切り出した。保はモデルの撮影が入っていて、しばらく忙しいらしい。その時にも帰宅していなかった。

「今度の日曜日、空いてる？」

「ああ。特に何もないが」

「今日、テレビで見たんだけど、目黒《めぐろ》の雅宮園でおいしいランチがあるんだって。一緒に行かない？俺がおごるから」

「おまえが私におごってくれるなんて、中学校の授業参観の帰りに、肉まんおごってくれて以来だな」

兄の表情が柔らかくなった。かすかに口元がほころんでいたから、来るつもりはあるのだろう。

そんな昔のことを覚えていることに驚いた。保の学校行事は無視しても、裕哉の行事には欠かさず来てくれた博のことだから、約束は守ってくれるだろう。

——そうと決まったら、俺はそれまで注意しなくっちゃ……！

次の日曜日が来るまで、裕哉は部屋の鍵を新しくしてそこに立てこもることにした。それでも隙だらけだっただろうが、保は泊まりこみのロケとやらで帰ってこなかったし、博は週末のお出かけをとても愉《たの》しみにしているようだったので、何とか無事に夜を過ごすことができた。

日曜日の昼前に、博と一緒に家を出る。

博は見合いとしても十分な、気合いの入ったスーツ姿だ。裕哉も成人式のときにあつらえた一張羅のスーツを着こんでいた。

兄の運転するシルバーのフーガで、雅宮園に直行する。ベルボーイに車とキーを預けてから、別棟にある懐石料理屋に向かったが、会場に近づくにつれて、裕哉の緊張は高まるばかりだ。

——兄ちゃん、……玉野さんの娘さんとの見合いだと知ったら、怒り狂うだろうなぁ……。

見合いの席につかせたらどうにかなるだろうと考えていたが、やはり少々ずさんな計画すぎた。

だが、反省してもすでに遅い。先方には兄はものすごく照れ屋で、心にもない態度を取ってしまうことがあるとあらかじめ説明してあったが、キレた兄が普段の穏和な院長とは全く違った顔を見せたら、彼女は失望するはずだ。

——どうしよう……。やっぱ無理かも。

胃がキリキリする。ストレスで青ざめた裕哉とは対照的に、エレベーターに乗りこんだ博はご機嫌だ。

「おまえにお店でご馳走してもらうなんて、初めてだな。何をそんなに食べたいんだ？　しかも懐石？　言ってくれたら、いつでも誘ってやったのに」

「……うん」

「何だ、妙に暗いな。会計が心配なのか？　大丈夫だ、金が足りなくなったら、兄ちゃんが出してやるから」

兄の言葉も耳に入らず、不安ばかりがどんどんふくれあがっていく。

――兄ちゃんさえ黙っていてくれれば、見合いは成功するはずなんだけど。

だが兄が、意に沿わぬ見合いに黙っているはずがない。このお膳立《ぜんだ》てをしたのが裕哉だと知ったなら、なおさら兄は裏切られたと思って暴れるに違いない。

――やっぱり、やめておけばよかった……。

見合いをさせたらどうにかなるという話ではないはずだ。

しかし、その横で兄はやはり上機嫌だ。

「チェックインは二時だな。それまで少し時間があまるかもしれないが、どう過ごす？」

生気の感じられない声で、裕哉は聞き返した。

「チェックイン？」

「ランチの後は、ここに泊まるように手配した」

「何で？　誰と泊まるの？」

「おまえとに決まっている」

堂々と答えられて、裕哉は絶句した。兄はためらいなく続けた。

「今日の誘いは、保ではなくて、私を選ぶことに決めた。そういう意味だろ？　あらためてホテルで初夜だ。最高のスイートを予約した。いっそ海外で、男同士で挙式できる教会を探すか？　休みをまとめて取れるのは、少し先になるかもしれないが」

「違うよ！　兄ちゃんを選んだわけじゃない……！」

裕哉はあわてて否定した。単にランチに誘っただけでここまで暴走する兄はやはり自分の手に負えない気がして、今までの迷いが吹き飛ぶ。彼女にのしをつけて渡したい。裕哉は兄の手首を強くつかんでエレベーターから降りた。

決して逃がさないつもりでその力を緩めずに割烹《かっぽう》料理店まで連行すると、仲居が万事心得顔で先導してくれた。

「ん？　わざわざ部屋を予約しておいたのか？」

不審そうな兄の声は、出迎えるために出てきた玉野に遮られる。

「やあ、氷室くん」

兄の表情は、その瞬間、見事なほどに凍りついた。

それからの二時間は地獄だった。

見合いの最中、個室が異様な緊張に包まれていたからだ。

兄は、騙されて見合いの席に引っ張り込まれたことをすぐに悟ったらしい。しばらく裕哉に氷のような眼差しを注いでから、にこやかに玉野に挨拶《あいさつ》をした。裕哉の耳元に「覚悟しとけよ」と言い残して。

個室には玉野親子がいて、兄の医学部時代の恩師だという世話人と、融資先の銀行の人も同席していた。玉野は兄が頭が上がらない人をあらかじめ選抜して送りこみ、見合いを断れない布陣を敷いたのだろう。

そのために兄の微笑みは崩れなかったが、一言も喋《しゃべ》らない。どんなに玉野や、同席した人がうながしても、最後まで言葉を発することはなかった。

それが兄の尋常ではない怒りを伝えてくるようで、時間が経《た》てば経つほど、見合いの席は異様な緊張に包まれていく。兄だけではなく、出席者の誰もが言葉少なになり、場をつなぐために裕哉や玉野が話をつなぐしかなかった。だが、一切盛り上がらず、疲労感とむなしさだけが広がる。

玉野の娘も兄の態度から気乗りがしないことを読み取ったのか、ほとんど喋ることはなかった。

その後、場所を変えて次回の融資について関係者と打ち合わせをするというので、裕哉はようやく兄たちから別れて電車を乗り継ぎ、自宅にたどり着いた。

――疲れた……。

生きた心地のしない二時間だった。見合いは大失敗だ。兄のこの態度を受けて次回の融資の話にも大きな影響があるだろうが、そこまで裕哉は関与できない。

そんな裕哉を、保が玄関で出迎えた。

「お帰り。見合いはどうだった？」

「何で見合いだって知ってるの？」

裕哉は目を丸くする。その話を保にしたつもりはなかった。昨夜、チラリと顔を合わせたとき、兄と二人で食事に行くとだけ言っておいたのだ。一緒に行くと言い出すかと思いきや、保は驚くほど物わかりのいい態度で、あっさりうなずいただけだった。

「そりゃ、見合いだろ。それくらい裕兄と博兄の態度を見てればわかる。で、どうだったの？」

そんなにも自分たちはわかりやすかったのだろうか。だが、兄はおそらくあの個室にたどり着くまで、見合いに何も気づいてはいなかったはずだ。

「兄ちゃんところに融資してくれている玉野さんって人がいて、その娘さんとの見合いの話が来てたんだ。だけど、兄ちゃんにはその気はないみたいで、どうにか騙して連れこんだのに、見合いの間中、一言も喋らなかった」

説明すると、保は肩をすくめた。

「面白《おもしろ》いから黙ってたけど、そんなことをされたら博兄は本気で怒っただろ」

「……異様に怒ってた。おっかなかった」

「これから、お仕置きだな」

そう言われて、裕哉はすくみ上がった。今日の博の態度を考えると、何をされるのか考えただけでゾッとする。

本気で怒ったときにひっぱたかれるのがせいぜいで、殴る蹴るといった暴力をふるわれたことはなかったが、今はもっと別の種類の性的なお仕置きの存在を知りつつあった。だが、それらは味わいたくない。

「逃げたほうがいいかな。ほとぼりが冷めるまで」

「草の根分けてでも探し出されるだろうね。匿《かくま》ってくれた相手に迷惑かけるだけだ」

「だけど」

「博兄のこういうときの勘の良さと、根性を知らないはずがないだろ」

裕哉が大学のコンパで酔っぱらって、連絡をせずに友人宅に泊まったことがあったが、深夜にいきなり兄に踏みこまれて連れ戻されたことを思い出す。

兄はその夜、裕哉が帰ってこないことに苛立ち、いそうなところを一軒一軒回ってついに突き止めたのだと後で聞いた。おそらく今、裕哉が逃げたとしても同じことをするはずだ。こういうときの兄の行動力に打ち勝って、逃げ延びる自信はない。大勢の友人たちに迷惑をかけるだけだ。

――でも、俺だって兄ちゃんの幸せのために尽くそうとしたんだし！

その心根を少し汲《く》んではくれないだろうか。

――無理か。

おそらく兄の目には、裕哉は単なる裏切り者としか映っていないのだろう。

ため息をつき、立ち上がる。とにかく喉がからからで、何か飲もうと思った。だが、その前に保が裕哉の手首をつかんだ。

「……何？」

「どうして博兄に見合いなんてさせようとしたの？　俺だけのものになろうとした？」

保も博と同じような誤解をしていることに焦る。

「ちが……っ、だって、こんなの間違ってるから……」

裕哉は保を見つめ返した。先日は女の子を引っ張り込んでいたくせに、今は裕哉しか見えないという熱っぽい目をしているなんてズルい。そんな眼差しに惑わされそうになる。

どうしてこんなふうになるのかわからなかった。ただ普通の兄弟になろうとしているだけなのに、どうして保も博もそのことを許してくれないのだろうか。

保が恋人を部屋に連れこんでいるのを知ったときの、脱力感にも似た空虚さを思い出す。心にぽっかり穴が空いたみたいだった。たった一人で人ごみの中に取り残されて、泣いてもわめいても二人が見つからなかった幼い日の悲しみが蘇る。

いつでも博と保は、裕哉のことを大切にしてくれた。だけど、いつかきっとこの二人は、自分から離れて、素敵《すてき》な恋人を作ることとなる。そんな諦めに似たやるせない気持ちが、ずっと心のどこかに存在していた。いつまでも三人でなんていられるはずがない。鼻の奥がツンとした。そんなふうに時間をかけて育《はぐく》んできた決意を、どうして二人はぐらつかせようとするのだろう。裕哉はきつくこぶしをにぎりしめた。

「おまえだって、……恋人を部屋に連れこんでたくせに」

「気になった？」

保が意味ありげに微笑む。

はぐらかすような口調に、裕哉はやりきれなくなって叫んだ。

「いっぱい、恋人いるくせに！　俺なんて大勢のうちの一人に過ぎないんだから、放っとけよ！」

「嫉妬《しっと》したの？」

からかうように囁かれて、裕哉は胸が引き裂かれそうな痛みを覚えた。

「誰が……！」

「嫉妬してよ」

その言葉と同時に保が立ち上がり、裕哉のほうにテーブルを回りこんできた。

「あれは裕兄の反応を見ようとしただけ。彼女に渡したいものがあって、部屋に呼んだんだ。妙な誤解をさせたかもしれないけど。――裕兄がそれを見ても平然としてたら諦めるしかないって思ってたんだけど、泣きそうな顔してた」

「そんなことない……！」

裕哉は必死で言い返す。なんでもないようにふるまっていたはずだ。だが、保はそんな裕哉の頬をてのひらで包みこんだ。

「博兄のことなど忘れて、俺だけのものになって。大切にするから、俺を選んで」

その言葉に、一瞬うなずきそうになる。軽薄そうに見られることがあるが、保は優しい。保のものになったら、きっと大切にしてもらえるだろう。だが、別れ際に向けられた兄の冷ややかな眼差しが脳裏に灼きついて消えない。

「無理」

「何が無理だよ。そんなに博兄のことが気になる？　あいつ、ひどいことをするに決まってるのに」

シャツの裾から手がねじこまれ、胸元まで這い上がった。乳首を探られただけで、思いがけないほど甘い刺激が走る。

「やめろ、……ッ保……！」

「戻ってきた博兄に逆ギレされて突っこまれる前に、俺ので慣らしておいたほうが楽だと思うよ」

逃げようとする身体の動きを利用されて、テーブルの上に押し倒された。

身動きを封じられたまま素早くベルトを緩められ、保の大きな手が下着の中に入ってくる。性器をまさぐられ、感じやすい先端を探し当てられたときには抵抗力が剝ぎ取られていた。幹を上下にしごかれていると、身体から力が抜けていく。

「もう勃ててる」

低く囁かれて、裕哉はぎゅっと目を閉じた。こんなのは良くないとキチンと話し合わなければいけないはずなのに、裕哉から正面きって拒絶されるのを怖れるように二人とも肉欲ばかり煽《あお》り立ててくる。それに逆らえなくなっている自分が嫌だった。

押さえつける力は強かったが、保の愛撫は柔らかく繊細で、敏感な鈴口を握りこむようにして嬲られ、幹全体を絶妙な強さでしごかれると、そこが熱く大きくなっていく。

「や……だって」

「いいから、応じてよ。博兄が帰ってきたら、何をされるかわからないから、裕兄が傷つかないように、あらかじめたっぷり準備しておいてあげる」

――そんなの……。

博がそこまでするとは考えたくなかったが、あながち根拠がないと否定しきれない。

強引に送りこまれた快感に、鈴口から蜜があふれ出した。指が動くたびにそこがくちゅくちゅ音を立てるようになり、もっとそこを刺激してもらいたくて腰が疼く。

――……嫌……なのに……っ！

だけど、身体は悦楽に敏感だった。保の手が絶妙な強さでペニスをしごきあげるたびに、与えられる快感のことしか考えられなくなっていく。何もされていない襞まで熱くなって、ひくっと痙攣するのがわかった。

「裕兄。……奥も熱くなってきただろ。そこに指、入れてあげようか」

保がその動きを感じ取ったのか、淫らに囁く。考えただけでぞくりと身体が疼いた。否定するよりも先に下着ごとズボンが引き抜かれ、開かれた足の奥のほうまで素早く手が伸びていく。

「ン、……っやあ……っ」

先走りの蜜で濡れた指が、くちゅっと入口から入りこんだ。

ずずっとうがたれた瞬間から、頭の中がドロドロに溶ける。体内にある指のことしか考えられなくなっていく。

「っふ、んん……！」

最初は違和感が強かったが、人差し指でたっぷり奥まで掻き回されているうちにそこは悦楽のるつぼと化した。身体を反転されてうつ伏せにテーブルに押しつけられ、つぷつぷと速いリズムで突き立てられると、動きに耐えきれずに腰が揺れ、濡れた声が漏れる。もっと指では届かない奥のほうまでたっぷり刺激して欲しくて、切ないような焦れったさに中がより蠢き出す。

「だいぶ柔らかくなってきたよ。そろそろ入れられるかな。ほら。ここに何が欲しいのか、言ってみて」

「…っ、離せ…っ！　もうやめろ！　……こんなこと……っ！」

言い捨てると、中の指がさらにもう一本増やされた。

「まだ抵抗するっていうのは、溶かしかたが足りないってことだよな」

からかうような囁きとともに二本の指で少し乱暴に掻き回されて、耐え難いほどの快感の波に押し流されそうになる。こんなふうにされて気持ちいいはずがない。今日ばかりは拒絶しようと考えているのに、指を身体の深い部分まで食いこまされて蠢かされると、その刺激に惑わされて食い締めてしまいそうになる。

「我慢しようとしてるところが可愛いね。早くはめられたくて、うずうずしてるくせに」

少し残虐な言葉の後で、さんざん掻き回した指が入口近くまで抜け落ちると、奥のほうがひくりと震えた。

奥まで保の大きなもので貫かれ、奥のほうの疼くところを嫌というほど擦りあげてもらいたくてたまらなくなってくる。何度も味わわされた快感が襞に刻みこまれ、その欲望が頭から離れない。もどかしさに、息苦しささえ感じた。

「入れて欲しいんだろ」

嬲るような囁きが裕哉を惑わす。

博の不在が気になった。いないときに保とこんなことをしていたと知られたら、どれだけ怒るかわからない。それに、共有するという約束があったはずだ。

「兄ちゃんに……怒られる……っ」

保は甘く囁いた。

「博兄のことなど忘れて、俺のものになって」

その声と同時にまた指が突き立てられて、中で激しく蠢く。音が立つほど掻き混ぜられ、感じるところを的確になぞられて、疼きに裕哉の腰は何度も跳ね上がった。感じれば感じるほど満足できて収まるわけではなく、より欲しくなるのが不思議だった。

指だけでは足りない。保の大きなものが欲しい。そう願ってたまらなくなるくらい、裕哉の身体は抱かれることに慣らされつつあった。

「我慢しようとしてるの、可愛いね。だけど、裕兄はここを掻き回されるのが大好きな淫乱《いんらん》なんだ。

離すまいとするように、裕兄の中がきゅうきゅうとからみついてきてる」

その言葉とともに感じるところをなぞられると、肌が総毛立った。

「やだぁ…っ、離せ、…っもう、や……っ」

さらにうつ伏せになった裕哉の胸元に手が伸び、ツンと尖った乳首を器用な指先でつまみ出された。伸びる限界まで引っ張られたまま、コリコリと先端に爪を立てられる。

「んく……っ」

痛いのと気持ちがいいのとが混じりあって、身体の芯のほうが熱く溶けていく。引っ張る合間によりを作るように乳首をくりくり弄ばれると、性器の先から透明な蜜がとろとろとあふれ出す。足の狭間に押しつけられた保の熱いものを突き立てて欲しくて、自分が抑えきれなくなってくる。

「ねだってくれないと、入れられないよ」

保が低い声で笑いながら、裕哉の身体を反転させ、大きく足を開かせた。折り曲げた膝を胸につくほど押さえつけられると、その圧迫感に息が漏れる。

狭間の敏感なところを熱い切っ先でからかうように圧迫されて、頭が芯まで痺れていく。早くそれを入れて欲しい。焦れったさは募るばかりだ。吐息を乱す裕哉を煽るように、保は囁き続けた。

「欲しがって、裕兄の×××がひくひくしてる。早く入れてもらいたいって。やらしいね」

切っ先で入口をくにくにと嬲られるたびに、欲しいあまり、何も入れられていない中がむなしくきゅうううっと締まる。保の顔がぼやけて見えるのは、涙の膜が張っているからだろうか。

「ダメ…だ…って…ッ、兄ちゃん……が……っ」

頭のどこかに残っていたかすかな理性が、博を裏切らせるのを拒む。今日、お見合いのためにホテルに向かう途中、いつになく嬉しそうな笑みを浮かべていた博の姿が脳裡《のうり》から消えてくれない。

自分は兄を騙したのだろうか。そんなつもりじゃなかった。兄には幸福になって欲しかった。だけど、兄の幸せというのが何なのかわからなくなってくる。

「──裕兄は、そんなに博兄が好き？」

尋ねられて、裕哉はとまどった。

「……好きだよ。だって……兄弟だから」

口走った瞬間、保の指に苦痛を覚えるほど容赦なく乳首をねじり上げられて、裕哉は悲鳴を漏らした。

「っぁあ！」

優しい保にこんなふうにされるとは思わなかった。

「そう」

見上げた保の表情は静かな怒りを感じさせた。与えられた痛みは何かの罰のように思えたが、自分の答えが保をそこまで刺激するものだとは思えておらず、裕哉はとまどう。

「俺は兄弟だからじゃなくて、恋人のように裕兄のほうが好きだよ」

裕哉の考え違いを諭すように囁かれてようやく、「兄弟だから」という言葉が悪かったんだと漠然と理解した。だが、次の瞬間、保の切っ先が中に突き立てられる。

「っん、…っあ、んんん……っ!」

括約筋を強引にこじ開けられる感触に、ぶるっと震えが走った。最初に道をつけられていくときの痺れるような快感に声が漏れてしまいそうで、裕哉は歯を食いしばる。ひどく全身が昂《たかぶ》っていた。少しでも気を緩めたら射精してしまいそうで、襞から力が抜けない。容易《たやす》く挿入できなかったのか、保が上擦った声で言った。

「力を抜いて。もっと奥まで入れるから」

「――っ!」

キッチンのドアが、叩きつけるほどの勢いで開いたのはそのときだ。保の肩越しに、スーツ姿の兄が見えた。最悪のタイミングでの博の登場に、裕哉はすくみ上がる。しかし、身じろぎするのもままならない今の状態では、何もできない。

「お帰り」

保は首だけ振り返らせて、悪びれもせずに声をかけた。裕哉から抜き取るところか、小刻みな突きを繰り返して、奥のほうまで呑みこませようとしてくる。必死で入れられまいと締めつけたが、その圧力にはかなわず、保の先端が少しずつ入りこんできた。突き上げられるたびに、そこからぞわぞわと快感が背筋を這い上がる。

「や……っ、や…っ、やだ、…抜け……っ」

博の存在が裕哉を混乱させ、どうしていいのかわからなくて、きつく目を閉じた。こんな姿を博に見られているなんていたたまれない。

だが、パン、と保が鋭く腰を送りこむと、鋭い快感と同時に最後まで受け入れてしまう。ギチギチになった接合部に、博の刺すような視線を感じるようだった。ゆっくり円を描《か》くように腰を動かされて、そこから電流のような快感が駆け抜け、ガクガクと腰が揺れた。

「どっちが誘ったんだ？」

不機嫌そのものといった博の声に、保が笑う。

「どっちだと思う？」

根元まで貫いたまま、保は裕哉をうつ伏せにひっくり返した。ねじれる感覚にうめくと、裕哉の腰を力強く支えながらテーブルから下ろす。自分は椅子に腰かけて裕哉をその上に乗せ、後ろから貫いたまま、接合部を見せつけるように裕哉の足を片方、持ち上げてみせた。

「これが嫌がってるように見えるか」

博の視線を、保のものをくわえこんでいっぱいに広がっている敏感な部分で感じた。

――やだ、兄ちゃ…っ、見る…な……っ！

露《あら》わにされた接合部が灼けるように熱くなり、ぎゅうっと力がこもる。貪欲《どんよく》にひくつきながら保の固い大きなものをくわえこんでいる部分を見られているのはたまらなく恥ずかしいのに、身体は逆に煽られたように熱くなっていく。性器の先端からとくりと透明な蜜があふれて幹を伝うのがわかった。

頭が真っ白になって、弁解の言葉を口に出せない。

「っや、……っやぁあ……っ」

保がその姿のまま背後から裕哉を突き上げ始めたので、まともに言葉をつづることしかままならなくなった。さぞかし動きにくいだろうに、保はその逞しい腕で裕哉の体重を支え、腰をつかんで上下や左右にえぐり立てる。動きはさほど激しくはなかったが、恥ずかしい部分を剝き出しにされ、そこをえぐられていく様子を克明に兄の視線にさらしているんだと思うと、それだけで刺激が増幅された。

逃げようと足を動かすたびに中の角度が変わり、声にならないうめきが漏れる。ぐちゅぐちゅという猥雑な水音を聞くたびに、頭が飛びそうなほどの悦楽に全てが染まっていく。

「イクのか」

すぐそばで響いた冷ややかな声に驚いて顔を上げると、兄がすぐ目の前に立っていた。レンズの奥の鋭い瞳で裕哉の裸体を見下ろしてくる。とっさに目を背けたが、博は容赦なく続けた。

「おいしそうに、デカいものをくわえこんでるな」

その言葉に胸が引き裂かれそうなほど痛くなったというのに、身体はその辱めに煽られて、保の固い性器を渾身《こんしん》の力で締めつけた。それには保もたまらない快感を覚えたようで、裕哉の腰をつかんで激しく揺さぶってきた。

「っやだ、…言うな、……兄ちゃ…っ」

動かれるたびに襞が保ので擦りあげられて、背徳の快感がゾクゾクと高まっていく。だが、兄は断罪するような言葉を止めない。

「おまえのそこがいっぱいに広げられて、ぬるぬるに濡れているのが全部見える。保のが入っていったり、抜けていくたびに、気持ち良さそうな顔をしてるのもな。ここも真っ赤だ」

兄の手が乳首に伸びて、そこをつねるように引っ張った。

「……っや、……っやだ……っ」

身体の奥までえぐられる姿を視姦《しかん》され、乳首を刺激される恥ずかしさに、裕哉は泣きながら身体をねじった。だが、すでに身体は絶頂に向かって駆け上がりつつあった。

ひくんと震える襞に、大きな保の性器が叩きこまれる。とても深いところまで届いていて、そこをえぐられるのがたまらなく悦い。

ひっきりなしに腰が揺れ、表情も変わった。そんな姿に博が強い眼差しを浴びせかけ、吐き捨てるように言った。

「犯されるのがそんなに悦いか」

その声を、裕哉は否定しきれない。

こんなふうにされても、身体は悦《よろこ》んでいる。

ひくひくとねだるように、襞がからみつく。博に乳首を指でくにくにと刺激されるたびに、甘い声が漏れてしまう。兄弟でこんなことをされて気持ち良くなるなんて変なのに、それでも抑えきれない。

「や……、兄ちゃん……見る……な…！　や……助け…て……っ」

裕哉はその声とともにぎゅっと目を閉じた。涙がこぼれるその寸前にかすかに博の表情が動いたような気がしたが、何も見定めることはできない。

手を伸ばして、博に触れようとした。しかし指の先が何かに触れる前に、保が裕哉の身体を背後から抱きとめて強く乳首をひねり上げ、同時に力任せに突き上げられた。

「ひっ……っぁあ……っ！」

その激しい刺激に、裕哉の堰《せき》が破れる。ぞくっと強い快感が全身を貫き、ビクンと痙攣が走る。裕哉は身体の奥に熱いものを注がれながら、涎を垂らして射精していた。


一瞬、意識が飛んでいたらしい。

保が裕哉の身体を抱き上げながら抜き出すと、閉じきれなかった部分からあふれだした白濁が足の間を伝った。椅子に一人で座らされても、裕哉は荒い息を整えるのが精一杯で、表情を作る余裕すらない。ぼうっとしている裕哉を眺めて、博が冷ややかに言った。

「まだ足りなさそうだな」

余韻が去らず、中がジンジンと溶けている。今の弛緩《しかん》した顔を見られたくて、裕哉はうつむこうとした。しかし、博の手があごをつかんで強引に顔を上げさせる。

「抜け駆けは許さない。こんなことがあったら、おまえに仕置きすると言ってあっただろ」

——仕置き？

そのいやらしく感じられる言葉の響きに狼狽《ろうばい》する裕哉の身体を、博が力強く抱き上げた。

「これは俺がもらっていく。いいな」

何をされるのかわからなくて、裕哉は助けを求める眼差しを保に向ける。だが、保は仕方なさそうに肩をすくめるだけだった。

「どうぞ。慣らしておいたけど、壊さないていどにね」

「おまえに言われるまでもない。力加減は心得ている」

言い捨てると、博は人形のように動けない裕哉を抱いたまま、階段を上がった。

部屋まで運ばれると、ベッドに乱暴に投げ出される。

博はベッドの裕哉を見下ろしながら、脇に挟んで持ってきたらしい鞄から何かを取り出した。

「今日はありがとう、裕哉。おまえに見合いの世話をされるなんて考えてもいなかったよ。お礼に心ばかりの品を準備したのだが、受け取ってもらえるだろうか」

——お礼……？

その言葉にドキッとしたが、兄の表情にはやはり感謝の念どころか、冷え冷えとしたものが漂っていた。何か嫌な予感を覚える裕哉の前で兄が取り出してみせたのは、親指ぐらいのピンクローターだ。ろくでもない目的に使われそうな気がして身体を起こそうとしたが、ベッドに押さえこまれたまま手首を頭上でつかまれ、ネクタイと紐《ひも》で両手をがんじがらめに縛りつけられていく。

怒った兄には逆らわないほうがいいような気がしてあまりあらがえずにいると、さらに足を押し広げられて、ローターを体内に押しこまれた。

蕩けきっていた襞は、ぬぷりとそれを呑みこんだ。

「ぁあ……っ！」

言葉にならない声が漏れる。初めての感覚に、裕哉は息を呑んだ。目にしていたよりもそれはずっと存在感があって、ゾクリと身体の芯のほうが疼いた。

「ぐちゅぐちゅだな。一つじゃ物足りないだろうから、二つ入れてやる。もっと大きいもののほうが良かったかな」

小さなものでもこんなにも違和感があるのに、それ以上のものを入れられたらかなわない。締めつけるたびにシリコン製のゴムが独特の弾力で押し返してきて、裕哉はぞくぞくと震えた。

ひどく感じる奥のほうまで、それがゆっくり襞に押し当てられながら移動させられていく。

「……っ」

反射的に全身に力をこめずにはいられないところにさしかかった瞬間、びくりと裕哉の身体が反応し、博の指の動きが止まった。

「ここか」

ただ圧迫されているだけで身体の芯が疼き出すような位置を、ピンポイントでとらえられている。

そこをあまり刺激されたくなくて、裕哉はどうにか位置をずらそうと腰を浮かす。

だが、動くだけでその異物が襞に擦れ、総毛立つような刺激が駆け抜ける。あらがえずに、裕哉は全身の力を抜くしかなかった。

「やだ、……兄ちゃ……、抜い……」

ただあるだけで、腰がむずむずする。落ち着かなくて、呼吸が浅くなる。

「どうした？　悦くないのか？」

裕哉の手首を縛った紐はベッドの上に固定され、さらに両足はベッドの左右の足に固定させられる。

何やら不穏な気配を感じ取って、裕哉は息を呑んだ。

「……っや、……っ、抜いて兄ちゃ……っ」

「じっくり味わえ」

博はその整った顔に冷ややかな微笑みを浮かべ、足の間から伸びたコントローラーを拾い上げた。

スイッチを入れた途端、裕哉の体内に押しこまれたそれから痺れるような快感が広がった。

「やぁああ……っ！　あぁああ、あ、ああ……っ」

じっとしていられないほどの快感を振り切るために、裕哉は自分から腰を振らずにはいられない。

それでも、ぶぅん、ぶぅん、と振動は波のように襲ってくる。

敏感すぎる部分を残酷な刺激が直撃するたびに、脳天まで電撃が駆け抜けた。その間、息を呑み、全身を硬直させずにはいられないほどの快感にさらされる。腿がガクガクと揺れた。

「や、兄ちゃん……っやだぁ、……っん」

あえぎ声がせわしなくなり、あっという間に性器がガチガチに硬くなっていくのがわかる。のたうつ裕哉の様子を冷ややかに見下ろしながら、博は容赦なく中の振動を強くした。

「ひっ！　やぁああ……っ！」

裕哉は全身を痙攣させて、機械仕掛けのロボットのようにのけぞった。最初の波はこらえようもなく訪れ、射精の鋭い快感が裕哉を満たす。

それでも、博は振動を止めてくれなかった。

射精の余韻に震える裕哉の目の前で、もう一つのローターを取り出して入口の襞の部分に浅く押しこみ、それも振動させる。のたうつ裕哉を尻目に博は立ち上がってスーツを脱ぎ、部屋の隅にあるハンガーに引っかけながら、低く笑った。

「この土産は気に入ってもらえたようだな」

「や、……っぁ、あ、………にい…ちゃ…っ、…これ、…外し…」

入口と奥のローターが振動するたびに、純粋な快感が背筋を貫く。あまりに刺激が強くて、身体がついていかないほどだった。一つの波が通り抜けたと思ったら、すぐに次の波が襲いかかる。ひっきりなしに身じろぐせいで、縛られた手首が擦れて痛くなる。興奮と息苦しさがますます強まり、腰から下がドロドロに溶けていく。

「やぁ、っ…ごめん、兄ちゃ………だから、……んん……っ」

ボロボロ泣きながら、裕哉は必死で許しを乞《こ》おうとした。

ローターを埋められている部分だけではなく、全身が熱く火照って辛くてならない。性器が蜜をあふれさせ、乳首も痛いぐらいにしこっている。自分が発情したような状態にあるのがわかった。どうにか正気を保つためにも、裕哉はひたすら哀願するしかなかった。

「お願い、……兄ちゃ……っ、止めて……、っ、おねが……っ、俺が……悪かったから。……兄ちゃん……っや、あ…っあ……っ」

だが、博の冷ややかな態度は崩れない。

「ダメだ」

博がワイシャツを脱ぐと、逞しい上半身が露わになった。引き締まった男らしい身体だ。直接、裕哉の身体に触れることでローターでの責めは終わるんだと思ったのに、兄は着替えを準備しながら言い捨てた。

「シャワーを浴びてくるから、おまえはそのまま待ってろ」

「え…、そん、……に、助け……っ…」

そんなに我慢できるはずがない。

シャワーなど後にしてもらって早くどうにかしてもらおうと焦ったのに、博は裕哉のことを一顧だにせずに部屋を出て行ってしまう。ドアに外側から鍵をかける音まで聞こえてきて、縛られたまま動けずにいた裕哉は新たな涙をあふれさせた。

――バカ……っ、俺のバカ、……余計なことして……。

あんなことをしたら兄の逆鱗《げきりん》に触れるということぐらい、何となくわかっていた。だけど、こんなことから逃れたかったのだ。いやらしいことをされたくなかった。

――だけど俺、……少しだけホッとしてる。

兄がやはり全く女性には興味がないことがわかって。こんなふうに身体を玩具《おもちゃ》にされたい訳ではないのに。

ため息ともあえぎともつかない深い吐息が漏れる。兄が戻ってくるまで、この状態で何とかやり過ごさなければならない。

中のローターが蠢くたびに、張りつめた性器がズキズキ痛んだ。あまりにその快感が長引くと、裕哉は射精したい欲望に押し流されて淫らに身体をくねらせ、そのあげく中の振動だけで吐精した。

――や……っ、イク……、出る……。

どうにもならないほどの快感に呑みこまれ、性器の先からだらだらと白濁があふれた。この分では兄のベッドまで汚れていることだろう。こんな粗相をしたことを知られたらさぞかし怒られると焦るのに、それすら今の裕哉には淫らな刺激となった。敏感になりすぎた襞に新たな振動が容赦なく襲いかかり、裕哉は終わらない快感にうめきを押し殺した。

顔は涙と涎でどろどろになっていく。

「ひっ……っぁあ……っ！」

襞から性器の根元に直接流しこまれるような強制的な快感によって、また勃起していく。意識が朦朧とし、振動に合わせて腰を振っていると、裕哉の頭の中でひくつく部分に博の性器を押しこまれ、思いっきり突き上げられている姿ばかりが繰り返し浮かび上がるようになっていた。

「あ、……っ、兄ちゃ……っ、気持ち……い……っ」

小さく唇が動いて、言葉が吐き出される。

尖って辛いほどに疼く乳首を、痛いぐらいに噛んで欲しくて、裕哉はねだるように胸元をのけぞらせた。ベッドから漂う兄の匂いが、よけいにその妄想をリアルなものにした。

「もっと、……っ、掻き回して、兄ちゃん……ので…」

ローターと兄の性器とでは、感覚が全く違う。快感だけ前立腺にダイレクトに伝えられるものの、中をいっぱいにされる感覚がなくて、熱く溶けきった襞がうずうずしてならない。

「や、……兄ちゃ……、ここ、……奥まで、もっと……っ」

深い部分まで切っ先がもぐりこみ、苦しいぐらいの摩擦とともにそこを擦りあげられることを、裕哉の身体は切望してやまない。貫かれることばかりを思い描きながら、いつしかきつくそこを窄《すぼ》めて腰を振っていた。

終わらない責め苦に意識が焼き切れて何もわからなくなった頃、不意に前髪をつかまれて顔を上げさせられた。

「待たせたな」

ぼやけた視界の中で、兄の顔が浮かび上がる。

ひたすら待っていた兄の出現に、裕哉の目からは涙があふれた。

「……っ兄ちゃ……っ、苦し……」

子供の頃のように、ボロボロと泣いて訴える。しかし、博の表情は冷ややかなまま崩れない。だけど、眼差しは熱かった。これだけのお仕置きではまだ兄の怒りが収まらないことを、裕哉は本能的に感じ取っていた。

「……何でも…する…から……」

言うと、博がうなずいた。コントローラーのスイッチが最強に入れられ、振動が一気に高まっていく。どうにもやり過ごせない衝動が身体の中で高まり、裕哉の腰がガクガクと上下に揺れた。

「や、……や、ぁ、あ……っやぁあ……っ！」

悲鳴のような声が漏れる。

射精だけさせられるのはもう嫌だ。あまりの辛さに泣きながら首を振り、涙声で訴える。

「やっ、……兄ちゃ……許して……」

兄が苦笑した気配があって、いきなり刺激が弱められた。

「ん……っぁ……っん……？」

裕哉の手の拘束がベッドから外され、代わりに背中で拘束される。足首の拘束は完全に外された。

膝立ちにさせられた裕哉の口元に、兄の性器が押しつけられる。

「舐めろ」

頭ごと抱き寄せられて、裕哉は半勃ちになったそれになすすべもなくしゃぶりついていくしかない。実際には数十分だろうが、何時間にも感じられた責めをこれ以上続けられるのだけは嫌で、自分から口を開いてそれを受け入れていく。すると頰をつかまれて、軽く出し入れされた。だんだんと口の中で育っていくものに舌をからめると、ご褒美のように頭を撫でられた。それが裕哉をより淫らな行為に誘った。

「んっ、ぐ、う……ふっ」

ゆっくり口の中で抜き差しされるたびに、裕哉は口を窄めてそれにしゃぶりつく。技巧などまるでなかったが、おそらく吸い上げたほうがいいはずだ。唾液があふれてあごを伝い、唇の端からシーツに滴る。次第に裕哉の口のものを動かす兄の腰の動きが大きくなり、唇を性器そのものとして使われているのがわかる。喉まで突かれて苦しかったが、博の手が戯れに髪を撫でてくるので、あごが痛くなっても口をそこから離すことができない。

裕哉から時折舌をからめるたびに、髪をつかむ手に力がこもった。兄が自分の口で感じているのだと知ると、身体の奥が熱くなる。早く疼きまくる身体に兄のを入れて欲しい。狂おしいほどの餓《う》えを埋めて欲しくて、裕哉はご馳走を与えられた犬のように熱心にしゃぶりたてていた。

「ふぅ、……っん、んん……っ」

唇と下腹の感覚がつながり、ぞくぞくと中が疼くのにも引きずられる。

意識が朦朧としてきたとき、唇から兄のものを抜き出された。

「――そろそろいい」

うつ伏せにベッドに押しつけられ、腰をつかまれて博の硬い切っ先が待ちかねていた部分をなぞった。括約筋から刺激が深い部分まで伝わり、背筋がぞくっと痺れた。閉じることを忘れた唇から唾液があふれる。奥へと誘いこむように、そこがひくついた。

――早く…抜いて、兄ちゃんの……を……。

焦れたような気持ちになって、身体をひねる。入口のローターだけ抜き出されたが、奥のはそのままの状態で、兄のものがドロドロに溶けた身体を突き刺していく。

「はぁ、……っは、あ……は！」

硬いものが自分の襞をいっぱいに押し広げていく感覚を、裕哉は息をつめて受け止めていた。入れられたままのローターを感覚が感じられないぐらい深い部分まで押しこまれ、そこを振動させられる感覚に慣れなくてひくひくと締めつけてしまう。そのたびに、博のものの存在感に襞が灼け、もっとすごいことをしてもらいたくてたまらなかった。

「ぁ、ん、ん……っ、ぁあ……っ」

「保のものとどっちがいい？」

意地悪なことを言いながら、博が埋めこんだ大きなものをゆっくりと抜き始めた。

内臓まで抜き取られるような感覚が下肢を襲い、ゾクゾクしてどうしても力がこもる。

「すごい力だな」

だが、その腰を押さえつけられて、強引に抜き取られる。気が遠くなるような摩擦の直後に、何もなくなった襞がたまらなく疼いた。完全に一度抜き取られてから、またズンと乱暴に突き立てられる。

「や、あ、あ、あ……っ！」

その繰り返しがたまらなかった。

開きっぱなしの唇の端からダラダラと涎があふれ、シーツを濡らす。博の動きに合わせて、裕哉の腰も揺れる。さらにそこを擦りたてて欲しくて、身体が暴走する。

「俺…、…へん……っ」

そうつぶやかずにはいられなかった。

ローターで集中的に刺激されていたところはいつになく敏感になっていて、切っ先がそこをかすめただけで悲鳴を上げそうになるほどの快感がもたらされた。えぐられるたびに射精しそうなほど感じているのに、何度も絞り出したからそう簡単にはたどり着けない。

その状態で突っこまれるたびに、総毛立つほどの刺激が走った。

「っあ、あ、あ……っ」

「すごく食い締めてくるな。そんなに感じるか」

「ん、んん、……っ、ん……っや、っぁあ……っ、んん……っ」

博は激しく腰を叩きつけてから、裕哉の身体を仰向けにひっくり返した。涙に濡れ、快感に弛緩した顔をのぞきこまれて、裕哉は恥ずかしさに顔を背けようとする。だが、膝をつかまれて胸につくほど折り曲げられ、荒々しく腰をつかわれると、蕩けそうな顔をしてしまうのが自分でもわかった。見られたくなくて顔を背け続けていると、首筋にがりっと歯を立てられた。

「んっ、あ、や……っぁあ……っ」

容赦なく皮膚を噛まれる痛みですら、今の裕哉には快感にすり替わっていく。

噛まれながら揺さぶられるたびにあえぎが漏れ、達しそうになっていた。

「乳首が真っ赤だ。ここも保にたっぷり嬲られたのか」

ピンと張り詰めた乳首を、首筋に歯を立てられたのと同じぐらいの強さで噛まれることを想像しただけで、裕哉の身体には力がこもった。

「いやらしいな、裕哉。誰に、こんなふうに食い締めるのを教えてもらった？」

――兄ちゃん……だけ……。

博と保しか、裕哉のことを抱いたりしない。

「…っ、ああ、あ……っ！」

乳首にぎりっと歯を立てられ、苦痛と快感に脳天までスパークした。それから、ちろちろと乳首を舌先で舐め溶かされる。

張り詰めた乳首を噛んだり、吸い上げられるたびに腰がせり上がるほど気持ちが良かった。

「締めすぎだ」

兄の声も快感にかすれているのが伝わってきた。

互いに一つの頂点を極めるために求め合う。体液が混じり合い、鼓動も一つに重なるようだった。兄弟でこんなことをするなんていけないはずなのに、どうしてダメなんだろうと考え始める自分がわからなくなっていた。

おそらく博や保以上に理解しあえる相手はいない。誰よりも大切に思っている相手だ。そんな二人に求められて、拒む自分が間違っているような気がしてくる。

感じるところを集中的に刺激され、裕哉は上擦った吐息を漏らした。

「つぁ、……っあ、あ、や、だめ……っ、もう出…る……っ！」

「あともう少し、耐えろ」

兄からの言葉に、裕哉は無条件で従っていた。感じるところを立て続けにえぐられて、懸命にこらえる。そのために強く締めつけられるのがたまらないのか、そこから切っ先が反らされない。

たまらない感覚を何とかやり過ごすと、今度は生殺しのように浅い動きばかりを繰り返される。そんな焦れったさに耐えきれず、裕哉は腰を揺らしてねだった。

「もう、兄ちゃ…、…ダメ、………終わ……らせて。出させて……っ」

涙ながらの哀願を拒みきることはできなかったのか、体奥に性器が深く激しく突きこまれた。その鋭く痛い刺激に、とうとう最後の堰が破れた。ビクッと裕哉はのけぞって、腰を揺らす。

「っひ、ぁあ、あああ……っ！」

射精しながら強く収縮するたびに、体内に灼けるほど硬い性器があるのが感じ取れた。

悲鳴に似たうめきを漏らしながら射精し終わると体内から性器が抜き取られ、裕哉の胸元にそれが押しつけられる。その先端で、固い乳首をぐりぐりとこね回された。

「っう！」

ゾクッと震えた一瞬後に、兄の性器の先から火傷しそうに熱い白濁が浴びせかけられる。その刺激に誘発されてなおも吐き出す裕哉の胸元に、博は最後の一滴まで絞り出して、乳首の片方を精液まみれにした。

「っん、……ン」

裕哉は濡れた吐息を漏らして震える。

刺激されすぎた乳首はジンジンと痺れ、痛みとも快感ともつかない熱を宿らせていた。

絶頂の余韻にボーッとしていた裕哉を見下ろしながら、博が中からローターのコードを引っ張った。

それはずるりとぬめりながら深みから引き出され、なおも裕哉の身体が震える。

ほっと全身から力を抜いたが、裕哉を組み敷く博の身体はまだ熱かった。

「仕置きはまだ終わりじゃない。朝まで、おまえは私のものだ」

そのとき見上げた博は、どこか泣き出しそうに見えた。

兄の苦しげな表情を見ただけで、裕哉の心臓はきゅうっと締めつけられた。

——兄ちゃ…ん……。

胸が痛くなる。どうして兄がそんな顔をするのか、わからなかった。

そのとき、萎えることのない博の性器が、まだ痙攣を残す襞にあらためて突きこまれた。

「ぁあ……っ！」

ぞくっと入りこむその逞しさに、新たな快感が生み出される。そのたまらない存在感に、裕哉はあごをのけぞらせた。何でこれを気持ちいいと思ってはいけないのだろう。そんな考えが、頭をかすめていく。兄弟だからといって、何がいけないのか。

すべりのよくなった襞を一気に突き上げられ、その快感の深さに裕哉は怖くなった。

「や……っ、もう、無理だよ……、助けて……」

いくら訴えても、博は許してはくれなかった。切ないほど見つめてくるその目に、裕哉の胸は疼く。何か奇妙な感覚があった。兄が自分から離れていくような。別れを告げられているような。

——そんなこと……あるはずがない。

ずっと兄弟三人でやってきた。今もこんなふうに、隙間もないほどにつながっている。なのに、どうしてそんなふうに感じるのだろうか。

「ん、ん、ん……っ」

突き上げに合わせて、悲鳴のように声が漏れた。動かれるたびに裕哉の中で快感がふくれあがり、兄の動きに合わせて揺さぶられることしかできない。

うつ伏せに身体をひっくり返され、背後からも激しく突き上げられた。

息も整わないまま、突き上げられるたびに全身が揺れ、甘い衝撃が走る。その感覚から逃れることは不可能で、裕哉はひたすら反応し続けるしかない。

「あっ、ひ、……っぁあ、…ぁ、あ……っ」

抜かれるたびに襞が博のものにからみつき、締めつける。

ひたすら終わらない律動に、裕哉は流されるばかりだった。


その日を境に、博は裕哉をかまわなくなった。

挨拶すると返事ぐらいはするが、まともに会話が成り立たない。食事は外で取ることにしたらしく、朝早く家を出て、戻ってくるのはかなり遅い。夕食を作って冷蔵庫に入れておいても、手をつけた様子もないままだ。

一緒に生活をしている以上、どうしても話をしなければいけないときもあったが、そんなときでも博はまともに裕哉と視線を合わせることはなかった。どこか面倒くさそうにうなずき、できるだけ早く話を終わらせようとしているのが感じ取れる。

食事だけではなく、掃除や洗濯も裕哉の世話にはならないと決意したらしく、兄が眉間《みけん》に皺《しわ》を寄せて洗濯機の前で説明書を読んでいるのを見かけた。その後で見たら、几帳面《きちょうめん》に洗濯物が干されていたから、その気になれば家事は自分でこなせるようだ。

——だったら、自分で勝手にすれば。

裕哉は少しふてくされる。

兄は裕哉がいなくても、全く不自由はないらしい。無言ですれ違う兄は、硬質な端正さと冷ややかさをまとっていた。

あの日を境に、兄は裕哉に指一本触れようともしない。保もバイトが忙しいようで、まともに顔を合わせなくなる。

夜ごとの悪夢は終わりを告げ、切望していた穏やかな日々が戻ってきた。

これでいい。そう思うが、同じ家に住んでいても三人の生活はすれ違い、バラバラになっていた。

裕哉は大学に通いながら、一人でぽつんと夕食を食べることが多くなった。

——……寂しい。

二週間も経つと、ひしひしとそのことを感じてならない。落ち着かない。

死ぬまでこんなふうに、兄から無視されるのは嫌だ。家庭内離婚とは、こんな状態なのだろうか。

かといって、どうしたら仲直りできるのかわからない。裕哉のほうから兄に話しかけても、ほとんど無視されるからだ。

見合いの世話など余計なことをして、兄から嫌われてしまったのだろうか。兄は幼い頃から何かと裕哉をかまってきたから、こんなふうに冷ややかに接されたことがない。そもそも好かれていた理由もわからないのだから、嫌われてしまっても余計に納得できない。

——わかんない……よ……。

胸がふさがれて、泣き出しそうになっていた。心の中にあったぬくもりが失われたようだ。見捨てられたような寂しさで一杯になって、涙がボロボロあふれてしまう。そこまで兄のことでダメージを受けるとは思わなかった。兄から嫌われただけで、自分などこの世にいてもいなくてもいいような気がしてくるのはどうしてなのだろう。そこまで、兄の存在が自分の中で大きなウエイトを占めていたのだと知る。

意地を張るのも限度があって、仕方なく裕哉のほうから仲直りを持ちかけることにした。そのために、今夜の夕食には兄の好物を作ることに決める。

——兄ちゃんは、つみれ鍋が好き。

いつでも、博はつみれ鍋のときにはご機嫌になった。手間がかかるからそんなにしょっちゅう作るわけではなかったが、今日はとっておきのおいしいつみれ鍋を作って、兄を微笑ませたい。

裕哉は買い物に出かけ、新鮮なイワシを見つけてたくさん買いこんだ。頭と内臓を取り出し、水洗いをして丁寧に三枚に下ろす。包丁で細かく叩いてからすり鉢で擦っていると、保が久々に帰ってきた。

「ただいま」

保は大荷物を部屋に置いてからキッチンに姿を現し、裕哉の背後からすり鉢の中身をのぞきこんできた。

「つみれ？」

「そう」

「博兄、今日、早いの？」

バイトと大学でバタバタしていたようだが、博の帰りが連日遅くて、家には居着かないことを、保も気づいていたらしい。

「わからないけど、何か聞いてる？」

「いや、何も」

保は甘えるように、背後から裕哉に腕を回す。保は背が高いから、そんなふうにされるとすっぽり抱えこまれたような格好になった。こんなふうに、誰かのぬくもりを感じるのは久しぶりだった。裕哉は不意に胸の切なさを覚えて、動けなくなる。

その耳元で、保がそっと囁いた。

「あんな薄情者に、わざわざ好物作ってやることないぜ。きっと今日もどっかで遊んで帰ってくるに決まってるんだから」

――遊んでる？

あの日を境に、博の帰宅時間はずっと遅くなったものの、何をしているかまで考えたことはなかった。クリニックで時間を潰《つぶ》しているのだとばかり思っていたが、保は何かを知っているのだろうか。

「博兄は、誰かと会ってるの？」

途端に乱れだす鼓動を落ち着かせようとしながら、保に尋ねた。

「あいつのことをつけ回したわけじゃないから、詳しく知ってるわけじゃないけど。すれ違ったとき、博兄からたまに酒と香水の匂いがするだろ。だから、どこか女のいる店に入り浸ってるんじゃないかと」

「だけど、博兄は女嫌いじゃないか。電話も会話も鬱陶《うっとう》しいって」

そんなこと、あるはずがない。だが、男と女の関係について、裕哉よりずっと詳しい保に意味ありげに言われると、心がぐらつく。

「わかんないよ。ああいうタイプは、一度はまると、とことんまではまるから」

そうなのだろうか。兄が女性と一緒にいる姿が脳裡に浮かぶ。そんなふうに兄が女性と付き合うことを歓迎していたはずなのに、胸が締めつけられるように痛くてならない。博と自分と保でじゃれあうように暮らしていたあの頃のことを思い出しただけで、誰にも渡したくないと強く思った。兄のベッドにもぐりこむと、勉強の邪魔だと部屋から何度もつまみ出されたが、それでも自分は心の奥底では嫌われていないことを知っていた。だからこそ、いつでも懲りずに兄のベッドにもぐりこんでいった。

「裕兄」

鼻先に保のつけている柑橘《かんきつ》系のコロンがふわっと漂った。抱擁が強くなる。

「博に冷たくされて、寂しいんだろ。俺を選べよ。寂しくなんてさせないから」

保の甘い声は艶《つや》があって、惑わされそうになる。保を選べば、きっと優しくしてくれるだろう。だけど、胸に何かがつかえる。兄の寂しげな顔が目の前をチラチラする。

「博兄は、……もう俺のこと、嫌いになったのかな」

兄はその女性との付き合いで、満足できて幸せなのだろうか。誰とでもうまくやれる保とは違って、やたらと自分に固執していたように感じられた兄のことを突き放して考えることができない。それ以上に兄が自分から離れていくことを思うと、身体の一部が失われたような喪失感があった。

ずっと兄が自分に固執しているのだと思っていたが、本当はそうではないのかもしれない。

瞬《まばた》きをして懸命に押しとどめようとしているのに、涙があふれそうになる。兄に見捨てられたくないし、嫌われたくない。歯を食いしばって嗚咽《おえつ》をこらえていると、保が優しく言った。

「博兄のことなど忘れちゃいなよ。裕兄には俺がいる。——俺は裕兄のことが好きだよ。泣き虫で恐がりな俺を、幼い頃からずっと励ましてくれた。裕兄と一緒ならば、俺は本来の自分でいられる気がする。裕兄のそばにいると安らぐ。その可愛い笑顔を、ずっと見ていたくなる」

信じられない告白に、裕哉は大きく目を見開いてから、思わず笑った。本気で受け止めそうになったが、保は口がうまいから、誰にでも甘い言葉を囁いているはずだ。

「バカ、……おまえ、冗談ばっか……」

なのに心が弱っているせいか、瞳からぽろっと涙があふれる。信じてはいけないものにすがりたくなるほど、ぬくもりを欲しがっていた。

その身体をますます強く抱擁しながら、保がいつになく真摯《しんし》な口調で言葉を綴《つづ》った。

「冗談じゃない。今度だけは本気。俺が高校生のとき、少しグレたことがあっただろ。あのときも、裕兄は今日みたいに、好物ばかり作って待っててくれた。……その前に裕兄とも大ゲンカをして、せっかく作ってくれた料理を床にぶちまけて、家から飛び出していったのに」

「……っ」

裕哉はほとんど忘れていた。そんなことをまだ保は覚えていたのかと、胸がジンと痺れた。

「——博兄はすぐに俺のことを見捨てた。何をするのも自己責任だから、好きにしろって。博兄は俺のことなんてどうでもよかった。大切なのは、裕兄だけだった。——だけど裕兄は家を飛び出した俺の携帯をしつこく鳴らし続けて、……根負けして出たら、言うんだ。おまえの好きなもの毎日作って待ってるんだから、早く帰ってこいって、涙声でさ。……何だか負けて、俺は家に戻ったよ」

その告白を聞いているうちに、涙腺が痛くなって裕哉はぎゅっと目を閉じた。

自分にはそんなことしかできない。博のように揺るぎない強さを持っておらず、グレて道を踏み外そうとしていた弟を諭すことも、悩みを聞いて励ます力にもなれなかった。愚かしくただ好物を作って、家で待っていることしか。

——あの頃と、……俺は、……変わってない。……何もできないままだ。

こんな自分のどこがいいというのだろう。いずれ兄や保は巣立っていく。そうしたら裕哉は、大切なぬくもりを失い、空っぽの巣で虚脱するしかない。新たに自分を愛してくれ、一緒にいてくれる人がどこかにいるなんて、期待できない。

「俺は、……それしかできないから……」

保が裕哉を抱きしめる腕に、苦しいぐらいに力がこもった。

「俺は裕兄のそういう、愚かしいほど誠実なところが好きだよ。見返りもなく、俺のことをただ純粋に愛してくれる。裕兄が俺を選んでくれるのなら、今後一切、他の子とは付き合わないと約束する。だから、恋人になってよ」

保の言葉に涙が止まらなくなった。

保のぬくもりが、心を癒《いや》す薬のように全身に染み渡る。だけど、こんなに優しくていい男である保を、自分が独占していいものだろうか。

裕哉は声を押し出した。

「ダメ。…俺は、おまえのお兄ちゃんだから」

「だったら、博兄も選ばない？」

間髪入れずに尋ねられ、その言葉にどう答えていいのかと困惑した。

兄のことを考えると息が苦しく、胸がきゅうっと痛くなる。博も保もかけがえのない家族だ。誰もが幸せになって欲しい。そのために、自分はどうすればいいのかわからなくなる。

「みんな、……大切だよ。博兄も…っ、保も」

あえぐように言ったとき、玄関のドアが開く音がした。

──帰ってきた。……兄ちゃん？

久しぶりに博の帰りが早いのが、嬉しくてならない。もしかしたら、今日はようやくみんなで鍋を囲むことができるのではないだろうか。

──ご飯炊かなきゃ。

保の腕を振りほどくことも忘れていた。

そのとき、博がキッチンのドアのところを大股《おおまた》で通りがかる。目が合った途端、ピタリと足が止まった。博は眉を上げて、不機嫌そのものといった顔で保に背後から抱きしめられている裕哉を見た。

裕哉は精一杯の勇気を振り絞って、決死の笑顔で話しかけてみた。

「お帰り。今日は、博兄の好きなつみれ鍋…」

「いらない」

博の返事はにべもない。

「え──」

表情が固まる。

まだ七時だ。普通なら夕食がすんでいる時間ではない。

──どうして……。

博は眼鏡のフレームを指先で押し上げ、背筋の凍るような視線を向けてきた。

「聞こえなかったか？　いらないと言ったんだ。考えてみれば、今までおまえに甘えすぎていた。今後、俺の世話をする必要はないから」

裕哉は顔から血の気が失《う》せていくのを感じた。どうしてこんなことになったのかと、懸命に考える。

「わかった……」

どんな表情を作っていいのかわからないまま力なく笑おうとしたのに、表情が崩れた。そのとき、保が口を挟んだ。

「それはないだろ。今日は裕兄が腕をふるって、おまえの好物のつみれ鍋を……」

「保」

いさめるように鋭く、博が名を呼んだ。

「おまえ、そろそろバイトの時間だろ。無駄口叩かずに、さっさと消えろ。私に不服があるのなら、二度とこの家に帰ってこなくてもいい。そろそろ独立してもいい時期だ。おまえなら、いくらでも迎えてくれる女がいるだろ」

全くとりつくしまがないというのは、このことだった。昔から博は、保に冷ややかだ。裕哉が保をかばえばかばうほど、博は保に辛く当たったものだ。保がグレたのも当然といえる。

だが、保は慣れているのか、そんな博の態度に少しも堪えた様子を見せない。それどころか、挑戦的な微笑みを浮かべた。

「ん。だけど、何だか家の中がゴタゴタしてて、チャンス到来って感じだからね。せっかくだから、このチャンスにつけこもうかと」

二人の口論を聞いている余裕は裕哉にはなかった。この場にいるのがいたたまれず、そのままキッチンをすり抜けて自分の部屋に駆け戻る。

つみれ鍋を完成させる気にもなれずに、ベッドにもぐりこんだ。兄の言葉を思い出すとさらに涙が出てきて、じわじわとにじむ涙を枕《まくら》に擦りつける。

——何だよ、兄ちゃんの……バカ……っ！

家の中がバラバラだ。みなギスギスしている。

仲直りをしようと思っていたのに兄にその気はなく、それどころか保に独立しろと言い出す始末だ。あの言葉はおそらく、裕哉にも向けられていたのだろう。

——保はバイトでお金も入るし、転がりこむ女性の家もたくさんありそうだけど、俺は独立できない。

そんなことで新たなふがいなさを覚え、ぐちぐち考えている間にふて寝してしまった。

翌日から、また兄との冷ややかな関係が続く。

保はバイトに行ったまま、完全に帰ってこなくなった。撮影のときには予告して行くはずなのに何もなく、三日も連絡がない日が続いたので、さすがに心配になって、裕哉は兄に尋ねてみた。

「保はどこに行ったのか、博兄、知らない？」

朝の歯磨きが終わったばかりの兄は、タオルで顔を拭《ふ》きながら素っ気なく言った。

「知るか。きっと悪さでもして、警察にでも逮捕されてるんだろ」

言っていい冗談といけない冗談がある。

さすがに裕哉はムッとして、博から離れた。

しかし保がいないと、なおさら博と二人きりということが意識された。

支度のために二階に上がっていこうとする博に、裕哉はおずおずと聞いてみた。

「今日は博兄、夕食までに帰ってくる？」

こないだは機嫌が悪かっただけかもしれない。もう一度仲直りするチャンスが欲しい。そう思って一縷の望みを託したのに、兄にその気はないようだ。

「私にかまうな」

心臓が潰れそうなほど、痛くなった。


兄も弟もいない家は、やたらとガランとして感じられた。こんなにも広かったのかと不思議に思うほどだ。

裕哉はコンビニで買ってきたパンをダイニングテーブルに載せ、そこに座る。一人では夕食を作る気にもなれなかった。ずっと家事を担当しても苦でなかったのは、兄や弟がいたからだとようやく気づく。

「はぁ」

ため息ばかりが漏れた。

頬杖をついて、ぼんやりする。

——俺がもっと料理が上手で、気が利いて、聞き上手で、他人を癒せるような人間だったら、みんな夕食時にはテーブルを囲んでくれたのかな……。

精一杯頑張ってきたつもりだったが、自分ではやはり母親の代わりにはなれない。

じんわりと涙がにじんできた。見放されて、一人ぼっちになったような寂しさが心にこびりついたままだ。空っぽの家を思うと、落ちこんで涙が止まらなくなる。

次第に室内は暗くなっていったが、電気をつける気にもなれなかった。

ひたすらぼんやりしているといきなり部屋の灯《あか》りがつき、その眩《まぶ》しさに驚いて瞬きしていると、博がキッチンに入ってきた。

博は裕哉に気づくなり、形のいい眉を上げた。

「なんだ、いたのか」

——ご飯食べる？

いつもは兄が帰ってくると、そう聞いていた。ビールも出した。しかし、今日はその質問がどうしても口から出てこない。

またかまうなと言われたら、今度こそショックで泣いてしまいそうだった。

「お帰り」

言えたのは、それだけだ。

邪魔にされる前に、裕哉は自分から立ち上がって部屋を出て行く。背中の気配を追っていたのに、博は呼び止めてもくれなかった。

裕哉は自室にこもり、ベッドで丸くなる。

キッチンにコンビニパンを置きっぱなしにしていたことに気づいたが、戻る気はなかった。食欲があまりない。

——博兄、俺に何か作ってくれないかな……。

そんなことを夢見るように考えた。

裕哉が過去に風邪をひいたときには、博は付きっきりで面倒を見てくれたものだ。慣れない手つきでおかゆを作り、リンゴもすり下ろして、スプーンで口まで運んでくれた。心配そうに見つめられ、かいがいしく世話をされて、裕哉は安心して眠りに落ちた。病気のときにはプリンやアイスなど、何でも食べさせてくれた。

——今すぐ、病気になればいいのに……。

そうすれば、兄はまた面倒を見てくれるだろうか。それでも見放されて放置されたら、どうすればいいのだろう。

涙があふれて、止まらなくなる。兄との思い出が裕哉を苦しめた。

目の付け根を指で押さえながら、裕哉は天井を見上げた。

こんな状態から脱却したかった。兄から自立したい。世界から見捨てられたような気分になるのはお腹が空《す》いているからだ。何か食べれば気力も沸いて、気分も浮上するに違いない。

そう自分に言い聞かせて部屋を出、兄に会わないようにビクビクしながら階段を下りた。兄は風呂に入っているらしく、そちらのほうから水音が聞こえてくる。

キッチンに入ったとき、電話が鳴った。裕哉はそれに出た。

「――氷室ですが」

耳にあてた受話器から、柔らかな女性の声が聞こえてきた。

『その声は、裕哉さんかしら。先日はお世話になりました。玉野です。博さん、いらっしゃるかしら?』

――玉野さん? え? 玉野さんって言うと、あの玉野さんの娘さん? 何で? どうして?

驚きに息が詰まる。電話をかけてきたのは、兄の見合い相手らしい。

兄を見合いさせる作戦は、大失敗で幕を閉じたのだと思っていた。なのに、どうしてこのような親密な態度で電話をかけてくるのだろうか。

「……兄に、何か」

ぶしつけな質問が口をついて出たが、彼女は気を悪くした様子もない。

『博さんと日本眼球学会のシンポジウムに行くお約束をしていたの。博さんが発表をされるんですって。その件で、待ち合わせの時間とかお聞きしたかったんだけど』

――学会のシンポジウム？

彼女は兄の態度に引いていたのではなかったのだろうか。なのにこの話では、兄と交際を続けているようだ。

「兄と一緒に？」

呆然としたまま、尋ねてみる。

『ええ。……博さんの発表、面白《おもしろ》いんですってね。一般人でもそれなりに理解できるように、スライドを利用して発表されるって聞いたから』

彼女は楽しげにクスクスと笑う。兄がどんなふうに持ちかけたのかわからないが、眼球のスライドがあまり面白いとは思えない。それでも理解しようとするほど、彼女は兄に惹《ひ》かれているのだろうか。

これは危険だと、頭のどこかが強い警告を発する。保が言っていた、兄から漂う香水の匂いというのは彼女のものなのだろうか。

胸がキュッと痛み、裕哉は反射的に言っていた。

「――兄はいません……！」

口走った瞬間、たまらない罪悪感がこみあげてきたが、口から出た言葉を修正できなかった。

『でしたら、戻ってきたら電話していただけるように、伝言お願いできます？』

「は、……はい」

電話が切れる前に、あと一言、どうしても聞いておかなくてはならなかった。

「……っ、あの、兄とは、お付き合いを続けてるんですか？」

返事を聞くまでの間が、異様に長く感じられた。

『ええ。この間は、とても素敵な標本を見せていただいたわ』

屈託のない彼女の声に、裕哉は世界が崩壊した気がした。

何で自分がこんなにも動揺しているのか、理解できない。頭が真っ白で、気がつけば電話は切れていた。受話器を強く握りしめていた指を、裕哉は一本一本引き離すようにして外す。

そのとき気配に気づいて顔を上げると、廊下に博が立っていた。

今度こそ心臓が止まる気がした。

「誰から電話だ？」

兄が濡れた髪をタオルで拭《ぬぐ》いながら、尋ねてくる。バスローブをまとっているから、首から肩にかけての男らしいラインや、タオルを使うときの形のいい腕の筋肉が見えた。あらためて顔を合わせると、その姿を見るだけで動揺して、裕哉は視線が外せなくなる。

どこまで聞かれていたのだろうか。不安と動揺に、返事ができなかった。

キッチンのドアは開けっ放しになっていたから、聞いていたとしたら裕哉の声は筒抜けになっていたはずだ。

博の視線は心まで見抜くように鋭い。この兄を相手に上手に嘘をつけるとは思えなかった。裕哉は兄に叱られたときのように深くうなだれ、正直に言うことにする。

「…っ、博兄に電話……だった。……玉野さん…の……お嬢さんから……。学会のシンポジウムだって……。前にも、標本見せてもらったって……」

じんわりと涙がにじむ。何で電話を切ったのかとさらに追及されたら、彼女との仲を邪魔しようとしていた心の動きまで暴かれるだろう。そうなったら、博は裕哉を軽蔑《けいべつ》するに違いない。そう思っただけで、胸が張り裂けそうになる。悲しくて、何だか自分一人だけが取り残されたような気持ちになった。これで博に完全に見放されてしまうのだと思うと、あふれる涙を押しとどめるだけで精一杯になってくる。

——そんなの、嫌だ。……兄ちゃんに、嫌われたくない……。

「何で取り次がずに、勝手に切った？」

やはり静かに聞き返される。博は彼女と話したかったのかもしれないと思っただけで、胸に刃《やいば》が突き刺さったようにズキズキ痛む。

「……わかんな……い」

本当はその理由はわかっている。兄を彼女に渡したくないからだ。だけど、後ろめたさにそのようなことは口に出せない。

いつでも博のそばにいるのは、自分のはずだった。その座を他人に開け渡すなんて、どうしても我慢できない。大切な兄を誰かに奪われたくない。ようやく裕哉はそのことを強く実感する。これは、子供っぽい独占欲なのだろうか。苦しくて、胸が痛くて、泣き出しそうになるこの気持ちは。

裕哉は言葉を押し出す。

「付き合ってるんだって？　玉野さんと」

声は上擦って、震えていた。兄の姿がぼやけるのは、にじんだ涙のせいだ。

兄が端正な顔に浮かべた冷笑は、凍りつくような冷ややかさだった。余計なことに口出すなと拒絶されているような気がして、裕哉の胸の痛みが増す。また「関係ない」とか言われたら、胸が張り裂けてしまうだろう。

――渡したくない、兄ちゃんを……！

それしか、考えられなくなった。

裕哉はぎゅっと拳を握る。何かを言おうとしたのに、声が喉に詰まった。何かを伝えたいと焦れば焦るほどボロボロと涙があふれ出し、嗚咽がこみあげて、何も言えなくなっていく。

「やだ……兄ちゃ……っ」

そんな裕哉に、博がとまどったように身じろぎしたのが瞳の端に映った。

「何を泣く？」

博の手が裕哉の頭を撫でようとして宙をさまよい、それからぎゅっと身体の脇で握られた。裕哉に触れることすら、もうしてはくれない。

それが裕哉の胸に絶望を呼び起こす。そのとき、博が怒った声で聞いた。

「おまえは私に、自分から離れて欲しいんだろ」

その言葉に、ズキン、と胸が痛んだ。博の声が否定して欲しいように聞こえるのは、裕哉の願望が混じっているからなのだろうか。

弟に固執せず、兄には自分と付き合って幸せになって欲しかった。兄弟三人でセックスするというのは不健全だという意識が消えなかったからだ。だけど、兄を誰にも渡したくない。自分だけの兄でいて欲しい。

そう思うのはワガママでしかないとわかっているはずなのに。

幼い日から積み重ねられた兄や弟の記憶は、大切な宝物として胸の中心に存在していた。それを失ったら、裕哉は空っぽになる。だから、どうしても兄から離れることはできないのだと思い知る。

そのことをわかっていなかったのは裕哉だけで、保はそうなのだろうか。

息苦しいほど、胸が痛くなる。逃げるのではなく、この運命を受け止めてみるしかないのかもしれない。

「おまえには選択を突きつけたままだったな。私と保と、どちらを選ぶか。もしくは、誰も選ばないという選択もあるんだが」

兄が眼鏡の奥から、冷ややかに裕哉を見つめてくる。

これが正念場だと裕哉にも感じ取れた。

ここで突っぱねたら、今後一切、兄は自分にはかまってこないだろう。みんなバラバラになり、ここ二週間のようなギスギスした関係が常態になる。

だけど、そんなのは嫌だった。大好きな二人を、しっかりつなぎとめておきたい。失いたくないのだから。

「どっちも選べない」

心の奥から愛しさが、胸いっぱいに広がる。博は失うことのできない大切な存在だ。だけど、保も同じぐらい大切だった。

「選べ」

博は苛立ったように言葉を重ねた。だから裕哉は、深呼吸してその問いに返す。これでダメだと言われたら、どうしようもなかった。

「どっちも選ぶっていうんじゃ、……ダメ？　博兄も保も、どっちも大切だから」

裕哉のその言葉に、博がハッとしたように視線を注いできた。逃げるのではなく、受けて立つ決意をしたのだと理解できたのかもしれない。

この上もなく満足そうな博の微笑みに、裕哉の鼓動は最高に早まった。のぼせ上がり、顔に血が昇っていく。博は表情をあらためた。

「さっきの質問に答えてなかったな。玉野の娘とは、付き合っている訳では決してない。眼球のリアル画像を見たいという変わった趣味を持つ娘さんで、純粋に、アカデミックな関心を眼球に抱いているようだ」

「……え？」

そんな変人だとは思ってなくて、ドキッとした。だとしたら、兄は彼女とは付き合っていないのだろうか。

「だったら、兄ちゃんは？」

「おまえがあまりに世話を焼くし、融資の件でいろいろと面倒だったから、どんなものかとデートらしいものもしてみたが、少なくとも私は彼女に、恋愛感情のようなものはカケラも抱いてないね。彼女も眼球に対するほどの愛情を、私には抱いていないらしい」

その言葉にホッとした。兄は裕哉が見合いの世話をしたことをそれなりに受け止め、女性と付き合ってみようとしてくれたらしい。裕哉が自分を選択しなかったら、おそらくそのまま解放してくれただろう。

――俺の意志を尊重しようとしてた……。

兄や保の感情を自覚した裕哉にとって、それがどれだけ大変だったかはわかるような気がした。

裕哉の頬は、博の両手で挟まれた。

「……っ！」

呼吸すらできなくなるほどの荒々しい口づけに、蹂躙《じゅうりん》されていく。

「っぁ……っぅん、……っは」

舌に舌をからみつけられ、痺れがそこから全身に広がった。禁断の快感に、頭が痺れていく。

「ダメだよ、……兄ちゃ……ん」

これでは、保に対する抜け駆けだ。兄の留守中に保としたことをあんなにも怒った兄なのだから、逆のことをしてはいけない。

「ん？　ここでは嫌なのか？」

「そういう……意味じゃ……な……くて……っ」

逃げようとのけぞった頭を押さえこまれ、耳の穴に舌を突っこまれた。大きな水音が淫らに響き、全身がゾクゾク痺れる。

「んっ……ちがう……ってばっ……っ」

「違う？　耳じゃなくて、すぐにここを触られたいのか？」

「ッあっ！　それ、もっとちが……っ！」

立ったままの姿で身体のあちこちを探られていると、玄関のドアが開閉する音が聞こえたような気がした。

「兄ちゃ……っ、誰か、来た……っ」

性器をジーンズの上からなぞられて、ビクビク震えながら訴えると、それに応えるように背後から誰かの手が伸びてきた。

――保？

肩越しに振り返ってみると、やはり保だ。

保は博に協力するように、裕哉の乳首や脇腹に手を伸ばしてくる。二人の間に挟まれ、肌をまさぐられて、裕哉は震えた。

「や、……ダメ……っ」

二人のことは大好きだし、失いたくないが、やはり恥ずかしくてならない。最初にされたのが二人がかりでさえなかったら、このような形を受け入れられるはずもなかっただろう。ゾクゾクするあまりに身体をよじるのを止められないでいると、博が保に言ったのが聞こえてきた。

「おまえは、何日もどこに行ってたんだ？」

保が呆《あき》れたように肩をすくめた。

「そりゃないだろ。誰が何をしたか、すでに割れてるんだけど。……ようやく釈放されたばかりの弟を、いたわろうとする気持ちはカケラもないわけ？」

――釈放？

思いがけない言葉に、裕哉は仰天した。振り返ると、保がいつもと変わらない屈託ない笑みを浮かべている。無精ヒゲが野性味を引き立て、瞳の不敵な輝きが増していた。

裕哉を背後から抱きこみながら、保は甘えるように訴えた。

「聞いてくれよ、裕兄。この近くでコンビニ強盗があったんだと。で、その強盗を目撃したって称するヤツが、ご丁寧に警察に通報したらしい。通報した強盗の容姿は、俺にそっくりなように説明されていたらしいぜ」

「え」

「いきなり夜道歩いてたら警察に呼び止められて、任意といいつつ強引に連れていかれて、取り調べされた。アリバイが立証されて釈放されるまで、ひたすら責め立てられて、……あやうく自白に追いこまれるところだった」

保が帰ってこないことを裕哉が心配していたとき、警察に逮捕されているんじゃないかと博が言っていたことを思い出す。

――まさか……。

兄は目的を果たすためなら、手段を選ばないタイプだ。だが、さすがにそこまでしたとは思えない気持ちでいると、少しも同情の感じられない声で博が言った。

「それは大変だったな」

保が脅すように声を低めた。

「そんな根も葉もない通報をしたのがどこの誰だか、俺にはわかってるつもりだけど」

「ほお？　何か証拠でも？」

「その鬼畜は証拠を残すほどのうっかりさんではないだろうけど、状況的に考えればおまえしか思いつかないんだよ。チャンスを見計らって、俺が裕兄の身も心もモノにしようとするたびに、やたらと足を引っ張ってきたもんな。つくね鍋のときもそうだった。自分が手を出せない間、俺が妙なことをしないように公権力の手を借りてまで排除しようとしたんだろ？」

保が裕哉のシャツをまくり上げ、乳首を両方の親指でなぞった。保の指に押し潰されてくりくりと転がされるだけでたまらない刺激が下肢を直撃し、そこがしこっていく。その声にこもる怒気とは裏腹に、手つきは優しかった。

その言葉は本当なのかと正面の博に視線を向けると、わざとらしいほどの完璧《かんぺき》な笑顔が浮かんでいた。

「想像力が豊かだな。おまえは法律家ではなく、小説家になったらどうだ？」

保に悪巧みを見透かされても、全く動じた様子がない。保からの非難などどこ吹く風といったふうに、博も裕哉に手を伸ばしてきた。

突起を転がす保の指を片方だけ退《ど》けさせて、小さいながらもプツンと尖った乳首を強く吸い上げてくる。ちゅくちゅくと唇と舌先で唾液をまぶされながら乳首を吸われているだけで膝が震えだし、裕哉の身体には火がつきそうだった。

保の手が裕哉の下肢に伸びる。熱を孕《はら》みだした部分を服の上からゆっくりとなぞられ、うめきそうな快感が広がった。

乳首を吸う博の唇の動きは意地悪で時折出し抜けに強く、性器を撫でる保のてのひらの動きは優しく柔らかい。どちらの愛撫に集中していいのかわからず、出し抜けに与えられる快感はとろりと甘かった。

「っぁ……っ」

二人の唇や指使いに翻弄されて、切なさばかりが募っていく。身もだえすると、首筋に唇が押しあてられた。

「慰めて、裕兄。……警察に痛めつけられた哀れな弟を」

「厄介なことに、裕哉は両方を選んだぞ」

「本当？　裕兄」

「え？　……うん…っ」

「だけど、いずれ俺だけを選ばせてやるから、油断すんなよ」

「それは私のセリフだ」

保の手がジーンズのジッパーを下ろし、その下にすべりこんでいったので、裕哉の腹筋にはどうしても力がこもる。下着の上からそっと形をなぞられて、裕哉の唇から吐息が漏れた。

保の手と競い合うようにして博の手がジーンズごと下着を引き下ろし、先端を握りこむ。外気にさらされた途端、それはさらに熱と硬さを増した。

身体に与えられる愛撫を、裕哉は震えながら受け止めるしかない。性器を奪い合うように二人の指先が交互に触れ、保の器用な指先がぬるつきを擦りあげると、そこからの切なさに泣きそうになる。足元がふらつく。立っていられなくなって、博の肩に腕を回した。

「もう、立ってられないか？」

「もうちょっと頑張ってみてよ、裕兄」

博を押しのけ、保が裕哉の正面を陣取って膝をついた。性器に熱い吐息がかかって、裕哉は思わず目を閉じた。ぬるぬると熱い舌先が性器をなぞり、先走りの蜜を先端に塗りこめられていく。

「っひ、……っぁ、……ッ」

そこを口の中に含まれ、あまりの快感に深い吐息が漏れた。

保の猥雑な舌の動きに耐えるのが精一杯だ。じゅ、と唾液をからませて吸われるたびにそこの熱はさらに増し、あえぎながら腰が動いてしまう。

そのとき、背後に回った博が双丘を指で開いた。視線を感じてきゅっと閉じたそこに、口づけられる。

「……っひ」

小さなつぼまりを舐めずられ、少し緩むと尖らせた舌先がそこを押し開いてきた。奇妙な疼きに逃げようとした腰を両腕で抱えこむように引き戻され、固く閉じた部分に、強引に舌を突き立てられる。

性器を舐められながら、つぼまりにねっとりと舌を這わされ、恥じらいと快感の合間で裕哉は泣き出しそうになっていた。

「やだ……っや、ぁあ……っ」

しかし、二ヵ所に与えられる強烈な愛撫は止まらない。より熱心にしゃぶりたてられてがくがくと膝が震え、腰のあたりを二人の腕に支えられていなければ、立っていることも困難なぐらい感じきる。

「っ……ぁあ……っ！」

何しろ、あふれ出した蜜をじゅる、と保に吸われるのと同じタイミングで、開いたお尻の穴を博の固い舌先でうがたれるのだ。

固く尖らせた舌先を体内に押しこまれると、身体の奥へ奥へと入れられていくような感覚があった。舌がそんなに奥まで入るはずがないとわかっているのに、ひどく深いところまで舌が入りこんで襞を溶かしだすような錯覚に、身体が落ち着かなくなる。そのむず痒《がゆ》さにとまどって締めつけると、奇妙な弾力とともに抜け落ちる刺激があって、上擦った声が漏れた。

「あまり刺激するなよ、すぐにイかしては面白くない」

「わかってる。たっぷり焦らして感じさせるんだろ。それくらいは任せろよ」

楽しげな保の声が響いた後で、露出した先端をことさらじっくりと舌先で弄ばれ、皮を使ってぬるぬると嬲られた。

唾液をたっぷり含まされた裕哉のつぼまりは、舌にえぐられるたびに柔らかく開いていく。弾力のある舌が入口を擦りあげて突き刺さるのが、たまらなく気持ちよく感じられるようになった。

「つ、く、う……っ」

もっと奥まで確かな刺激が欲しくてたまらなくなってきたころ、じゅぷっといきなり指が突きこまれた。熱く溶けてひくひく震える襞の様子を探るように、指の腹で強く擦りあげられた。

「っぁ、……っん、ん……っ」

さらに指を増やされ、二本の指に親指を添えられて中を強引に開かれる。外気が体内に忍びこみ、粘膜を直接のぞかれるような錯覚に、裕哉は震えた。

「や、だ、ぁ……っ！」

性器が脈打って、透明な蜜がじゅんとあふれる。

何度も達しそうになったが、裕哉の身体が射精のために強張《こわば》って震え出すと途端に愛撫を緩められた。

ひたすら生殺しにされるようなもどかしい刺激に、快感の濃度だけがぐんぐん上がっていく。性器が限界まで硬くなり、粘膜が充血して熱く溶け崩れたような状態になっていた。

開いた体内に博の舌が入りこみ、粘膜をべろべろ舐められているような感覚すらある。

「ぁふっ！　…や……っ、あぁ、……っやだ」

その奇妙な刺激に、腰が細かく動いてしまう。襞が奥のほうからひくつき、全体がジンと痺れた。

熱くて溶けそうなそこに、早く硬い性器を入れてもらうことしか考えられない。

「ん、ん……っ」

裕哉の全身は汗でしっとりと濡れ、唇から唾液があふれていた。

「どうしたの、裕兄？」

裕哉がどんな状態になっているのか知っているくせに、意地悪に尋ねられた。

絶頂にはほんのわずか足りない絶妙な強さで性器を吸い上げられるたびに、どうしようもなく甘い声が漏れ、ガクガクと膝が震えた。理性すら溶かすような甘い愉悦がすぐそこにあるのに、どうしても手が届かない。

「っん……」

そのとき、じゅわっと浮かんだ蜜を、保の舌が舐め取った。二本の指が体内にずぶずぶと入りこみ、奥のほうまで掻き回す。しかしそれを欲しがって締めつけると、指は抜け落ちて浅い部分ばかりを刺激してくる。

「ん、ふ、ふ…」

――これじゃ……足り……ない……。

誘うようにどんどん腰を振ってしまう。

どちらかの指に乳首まできゅっとつねられて、身体が大きくのけぞった。

「おまえの身体は焦らせば焦らすほど、ここが開いていくな」

「っう、く、やぁ、……早く……っ…」

「欲しいのか、そんなに」

「おっぱいしゃぶって欲しいんじゃないかな?」

「ちが……う……ッ入れて……ッ早く……」

とうとう耐えかねて口にすると、身体を床にうつ伏せに転がされた。腰を後ろから抱え上げられ、入口に博の熱く硬いものが押し当てられる。

「んはっ、……っぁあ、……っぁああ」

待ちかねた場所にズッと奥まで固いものが入ってくる感覚を、裕哉は身体をのけぞらせて受け止めた。

「っんく……っ！」

襞をまといつかせながら先端だけを残してギリギリまで抜き抜かれ、また一気に突き上げられる。襞がからみつき、たまらず腰がその動きに合わせて動いてしまう。

「も、……ダメ……っ！」

びくびくと襞が痙攣した。襞をいっぱいに押し広げて奥まで貫かれるたびに、快感の波が押し寄せてくる。抜かれるたびに、もっと欲しがって襞がひくつく。

「っあ、ん、んっ」

突かれるたびに達してしまいそうなほどの快感があって、声を押さえきれない。あまりの快感にぶるっと震えたとき、そのあごを保がすくいあげた。

「しゃぶってくれる？」

開きっぱなしだった口の中に、圧倒的な大きさのものが入ってきた。呼吸を奪うほどの苦しいほどの質量のあるそれを、裕哉は口をあけて受け止めた。何も考えられず、子供が乳をしゃぶるように、一心に吸いついてしまう。

「ん、ん、ふ、……っん、ん……っ」

それに刺激されたのか、背後から突き上げる博の動きが激しくなった。ぐいぐいと保の下腹部に顔を押しつけられる格好になった裕哉は、歯を立てないように舌で防がなければならなかった。

「っぐう、ん、ん、ん……っ」

二ヵ所から責め立てられて、身体が燃えあがる。硬く勃起した先端が奥の感じる場所をグリグリえぐり、あまりに強い刺激に身体が浮かび上がるような気がした。目が眩《くら》むような快感とともにこらえきれずに放出していた。

だが、それくらいで二人は裕哉を解放するつもりはないようだった。それでも、しばらくは動きを止めてくれたらしい。

「……っふ、あ……」

真っ白になった頭がだんだん正気に戻るにつれて、二人の大きなてのひらが乳首と性器をつまんだり転がしたりしているのに気づく。裕哉は博に挿入されたまま、仰向けに寝かされていた。乳首をつままれ、二本の指の間でコリコリと転がされる快感は脳髄まで溶かすほど甘く、絶頂後の敏感な身体には辛いほどだ。

「ん……っ」

「起きた？　なら、これくわえて」

仰向けにされた口元に、あらためて性器をくわえさせられる。何も考えずにしゃぶりつくと、乳首

のそれぞれに上下からの唇が落ちてきた。

「っふ」

舌で転がされ、軽く吸い上げられ、歯で引っ張られる。身体中の神経が変な具合につながっているようで、感じるたびに襞や喉の粘膜がひくひく震える。

タイミングや力加減をずらして、二つの唇がひたすら裕哉の感じやすい乳首を弄び続ける。

「気持ちいいみたいだな。中がぎゅうぎゅうとからみついてくる」

裕哉の中をゆっくりペニスで掻き回しながら、博が言った。感じるたびに身体が跳ねる。甘い痺れが、全身に広がっていく。イった直後のこととて、ひたすら気持ちよくて、意識が快感に呑みこまれたままだ。

「……っん、ふ、……ッ気持ち……いい」

ぼんやりとつぶやくと、乳首をカリッと嚙まれた。

「ん！」

びくっと腰が跳ね上がる。襞が硬いもので擦れて、それがたまらなく気持ちよかった。

その刺激がまた欲しくて、感じるところに押しつけるように腰を揺らしてしまう。

「そろそろ休憩はいいか」

博が裕哉のまぶたに口づけをし、そっと髪を撫でた。

熱っぽい眼差しに炙られて、裕哉の身体は芯まで熱くなる。その痺れは接合部に伝わり、もっとそこを虐めて欲しくてどうしようもなくなった。

首を横にねじって保のものに口づけながら、裕哉はかすれた声でねだった。

「もっと…、いっぱい、…して……っ」

「やらしい、裕兄。可愛い」

保の手も伸びてきて、裕哉の頭を抱えこむ。そのぬくもりが、たまらなく胸に染みた。

泣いてしまいそうな切なさをごまかすように保のものをしゃぶると、それはさらに硬度を増し、舌先に先走りの味が広がった。

博の腰に足をからめて身体を揺すり、もっと奥に誘おうとしていた。喉深くまで保のを受け入れ、べろべろといやらしく舌を使ってみる。深くえぐるように突き上げられて、ふさがれた口からすすり泣きに似た声が漏れた。

——もう……ダメ……。

二人の兄弟の間で、裕哉は溺れていく。こんなふうに襲いかかってくる快感から逃れることはできない。もっと何もかもわからなくなるくらい、二人の愛に包まれてみたかった。

——兄弟……なのに……。

ほんの片端に残った理性が、そう訴えかけている。それでも、体奥を灼ける肉棒でえぐられていると、何も考えられない。

二人とも選ぶという自分の選択は正しかったのだろうか。だが、見捨てられた寂しさは今は感じられない。あるべき姿に戻ったような感覚すらあった。
愛しげに髪を撫でてくれる大きな手のぬくもりが、裕哉を心地良く包みこんでいく。
——これは、博兄の手？　……それとも、保の……？
突き止められないまま、身体の中で感覚が弾ける。
後は何もかもわからなくなった。

やっぱり三兄弟

「――っく……！」

足を広げてうつ伏せに這《は》わされ、さんざん指でいじられて火照って溶け落ちそうになっている裕哉《ゆうや》の襞《ひだ》を、保のものがいっぱいに押し広げて入ってくる。

いくら身体《からだ》に力をこめても、その勢いは殺せない。大きなものを押しこまれてねじれた襞全体から甘ったるい痺《しび》れが広がり、それを早く欲しがるように奥のほうが疼《うず》いた。

「ッン」

思わずひくりと喉《のど》が蠢《うごめ》く。

入れられるその一瞬は、自分の身体を支配するそれのことしか考えられずにいた。押しこまれた部分に全神経が集中し、何だか泣きそうで苦しくて、だけど気持ち良くて、どうしていいのかわからなくなる一瞬だ。

その直後に、ずっと大きなものが体内から抜き出されていって、その摩擦が引き起こした快感に身体の力が一瞬抜けた。落ちそうになった裕哉の腰を背後から逞《たくま》しい腕が支え、また太いものが体内に押し戻されてくる。

「……っダメ……」

濡《ぬ》れきった声が漏れた。

薄く目を開くと、つけっぱなしのテレビ画面が見える。

ここは氷室《ひむろ》家の居間で、少し前まで三人でソファや床にごろごろしながら保《たもつ》が借りてきた未来アクション映画のＤＶＤを見ていたはずだ。なのに途中から保が裕哉の身体に手を伸ばし、それを拒めないでいるうちに、博《ひろし》も参戦して、いつの間にかこんなことになっている。

「ふ、……んん！　ん……ぁ……っ」

押しこまれた保のものがまた深くまで届き、それが抜かれるたびに腰が重く痺れる。

押しこまれた直後は苦しくてぞわぞわするような違和感に身体が落ち着かないのだが、それでもこれをあと少し耐えていればすごく気持ち良くなるのがわかっていた。

それでも中の違和感はすごくて、少しでも楽になる場所を探して裕哉の腰が少しずつ動いてしまう。目ざとく保にそれを指摘された。

「やらしいね、この腰の動かしかた。入れられることを覚えたみたい。それに、きゅっとすごく俺《おれ》のに吸いついてきてる……」

言いながら、それを検証するように保が中のものでぐるりと掻《か》き回した。言われると余計に意識してしまって、どうしていいのかわからなくなる。

「っきつすぎ。……けど、……こういうのもいいけど。裕兄に、……最初に突っこんでるんだって感じがして」

「フン。たまには先を譲ってやっているだけだ」

博が面白《おもしろ》くなさそうにつぶやいて、裕哉の頭のほうに回り、あごをすくいあげた。

裕哉の意識を自分に向けさせようとするように、唇を重ね、舌を入れてくる。

口では冷ややかなのに、博のキスはいつでも甘い。教えこまれるままに舌を使うとゾクゾクするような感覚が全身に広がる。そうしている間にも保は、裕哉の腰をしっかりと手で押さえこみ、少しずつ慣らすように腰を揺らしてきた。

同時に博の手が裕哉の乳首に伸び、さっきまでさんざんいじってぷっつりと尖《とが》らせた乳首を親指以外の四本の指で戯れに転がし始めた。

そこをいじられるたびに、もっと奥へと誘いこむようにひくひくと中が蠢いてしまう。

「っん、……っふ……っ」

耐えきれずに保の動きに合わせて腰を動かすと、博の唇が裕哉の唇から離れて耳朶《じだ》に移る。その感触にあごをのけぞらせると、首筋を辿《たど》った後で博の頭が身体の下に突っこまれ、指でいじっていたところを唇で吸い上げた。それだけではなく、同時に手を裕哉の足の間に伸ばす。

そこで熱く滾《たぎ》っていた性器を手でなぞられると、大きく腰がすくみ上がった。

「ひ、……っぁ……っ」

そうされている間にも、保のものは裕哉の中を緩急を交えて突き上げている。動くたびに博の手の中で熱くなった性器が擦《こす》りあげられる形になった。

「すごいな、べとべとだ」

乳首を吸いながらも、腰の動きに合わせて割れ目からあふれる先走りをこそげ取るように指を使われる。

「っぁ！」

腹筋に力がこもり、兄の手から腰を逃がそうとした。だが、保にがっしりとつかまれているから自由に動けない。

乳首を吸われながら下肢をしごかれ、同時に突き上げられている。どこもジンジンと感じてならず、吐き出す息がひどく熱かった。

唇を開いて呼吸すると、そんな裕哉の胸元にまた博が唇を埋《うず》めた。

「保にされるだけじゃ足りないだろ？　だから、一緒に可愛《かわい》がってやる」

痛いぐらいに乳首を吸われながら反対側を指先で転がされ、さらに性器もくちゅくちゅと指でしごき上げられる。完全に皮を剝《む》かれて先端を指でくりくりと虐《いじ》めたり、包皮を使って柔らかくしごき上げたりされるたびに、頭の灼《や》き切れそうな快感が裕哉を襲う。

しかもその体内では、大きな保のものが暴れ回っているのだ。

その張り出したもので身体をえぐられるたびに、甘い声が出るのが止められない。

「っん、……っぁ、あ……っ」

兄と弟の逞しい身体の間に挟まれて、身体の敏感なところをいじられていると、すぐにでも達しそうな快感が裕哉に襲いかかってくる。

「ッン…」

ぶるっと震えると、イきそうになっているのを知られたのか、乳首を舐《な》めていた博の唇が、裕哉の性器へと移動した。

濡れた乳首を指先で引っ張られながら先走りの蜜《みつ》を肉厚の舌先で丁寧に舐め取られ、なおも中からあふれ出す蜜を直接すすられて、裕哉の体内にきゅうっと力がこもる。ひくりひくりと襞が引き絞られて、体内にある保のものを奥に引きこんだ。その状態で保に力強く掻き回されては、裕哉はぶるっと震えるしかない。

「っ、……っぁあ、……っん…ッン」

「もっと声出して。保のでイクって、……言ってみて」

保が後ろから裕哉の耳朶に耳を当てて、魅惑的な甘い声で囁《ささや》く。

「ダメだ」

博が裕哉の性器に指をからめて、強弱をつけてしごきあげながら言った。

「保のでイクなんて許さない」

「けど、もうこんなんだぜ？　我慢できそうにないだろ」

保がリズムよく裕哉を突き刺した。

「つぁ、……っぁ、あ、……っ」

そのたびに裕哉の腰が揺れる。保の動きに合わせて性器が博の手と唇で擦りあげられ、気持ち良さが倍増する。いくら博がダメだと言っても、我慢できないことは裕哉にはわかっていた。博はいつでも裕哉を独占したがり、保はそんな博から裕哉を奪おうとする。二人から競い合うような愛撫《あいぶ》を受け、行為の最中には裕哉の頭は真っ白になってしまう。

与えられた刺激にあえぎ、射精させられて揺さぶられるがままで、なにをどっちにされたのかすらわからなくなるときがしばしばだった。

両方を選ぶという選択をしたのだが、二人はそれでは不満のようだ。どちらかを早く選べと、ことあるたびに言われている。

それができない自分は、優柔不断なのかもしれない。だけど、幼い頃からよく知っている兄と弟だけに、二人の長所も欠点も両方知り尽くしている。どっちも好きというのでは、どうしていけないのだろうか。だけど、一つだけ確かなことがあった。

――早くどっちかにしないと、身体が持たない。

保が対抗心を強めたのか、裕哉の腰を両手でつかんで、勢いよく腰を突きこんでくる。その楔《くさび》が動くたびに奥のほうの感じるところが擦りあげられ、漏れる声が淫《みだ》らに染まった。

「ひ、……ぁ、あ、ン、ん……」

裕哉の腰の下に頭をねじこんだ博が、性器からあふれる蜜を舌先で舐め取る。蜜が外に出るか出ないかわからないうちにじゅっと鈴口から直接吸われると頭が真っ白になって、あっという間にイきそうだった。

えぐられるたびに背筋を熱い痺れが広がり、全身に力がこもって腿《もも》が小刻みに震える。睾丸《こうがん》がせり上がっていくような絶頂の予兆に下肢に力がこもり、裕哉は息を呑んだ。

「……っふ、……っぁ、あ……っ」

保に導かれるがまま達しようとしたそのとき、下腹から不穏な声が聞こえてきた。

「保のでイクのは許さない」

その言葉の直後、裕哉のペニスの根元がきゅっと圧迫される。指とかではなく、もっと無機質な感触だった。博が隠し持っていたゴムのようなもので、そこを圧迫したらしい。

「っや、……っぁ、あ……っぁ……っ！」

イきかけていた裕哉はそれによって物理的に堰《せ》き止められ、精液が体内で逆流するような狂おしい感覚に襲われた。冷たい汗がぶわっと噴き出す。出そうで出ないのが苦しくてたまらず、懸命に腰を振ったが、その圧迫は消えない。むしろ腰を振ったことで中をいっぱいに満たしている保のものに思わぬ部分を突き上げられることになって、またぶるっと小さな波が押し寄せた。

「っふ、……っぁ、あ……っ」

開きっぱなしになった唇から、唾液《だえき》が床まで滴る。そんな裕哉の頭を両手で抱え上げながら、博が甘く微笑《ほほえ》みかけた。

「耐えろ。……保のでイかなかったら、後でたっぷりご褒美をやる」

「何を無茶《むちゃ》させてるんだよ。そんなもので、裕兄がイクのを止められると思う？」

「どうだか、試してみたらどうだ?」

博の挑発に煽《あお》られて、保は不穏な気配を漂わせた。試してみる気になったらしい。

緩急つけた淫らな腰の動きで、裕哉の感じるところを正確に狙《ねら》ってくる。

「っは、……ん、ん……っ」

もうすでに限界を超えている裕哉は、動かれるたびに身体を震わせずにいられなかった。巧みに突き上げてくる保に、されるがままに身体を使われるしかない。

保が動くたびに電流が走るような快感とともに、一回ごとに達しているような空白が裕哉を襲った。

だが今の裕哉に射精という終わりはなく、前立腺《ぜんりつせん》をえぐられるたびにめくるめく快感が目の前を走り抜け、それが消えるよりも先に次の刺激を送りこまれることになる。

「っん、は、ん、ん……っぁ、……っ、や……っ、保……っ、兄……ちゃ……っ」

裕哉の頭はあまりの快感に溶け、開きっぱなしの唇からみっともないほどに唾液が滴る。体内に渦巻く熱を逃がしようがなく、全身から汗で濡れる。

「保がイクまで耐えたら、すぐにいっぱいイかせてやるからな」

博が裕哉の前に立ち、冷ややかな笑みを投げかけた。眼鏡の奥の鋭い双眸《そうぼう》は熱に濡れ、執着と淫らな欲望を宿している。そんな目で見つめられているだけで、何をされてもいいような気分になって身体がぞくぞくと疼いた。

「ツン、……っふ……っ」

博が優しく裕哉の髪を撫《な》でてから尖りきった乳首を痛いぐらいにぎゅっとつまむと、何かの堰《せき》が破れそうになった。

「っぁ！　……っや、……っん、ん……っ」

ただでさえ感じすぎている身体に、その衝撃はキツすぎた。乳首への刺激は下肢の快感と混じり合って、たまらないほどの愉悦を呼び起こす。

きつい襞の締めつけに逆らうように保が腰を引き、返す動きで力強く突き上げた。

「ッァ、……っや、…もう、イク……っ、イク……っ！」

ついに裕哉は、絶頂に達する。堰き止められたままだったから射精はできなかったが、真っ白な熱が下半身から全身に広がり、イったのと同じように身体がびくんびくん震える。

そんな中で保も達したのがわかった。

「イったのか」

荒い息をついて震えている裕哉のあごをすくいあげて、博は断罪するように冷ややかに言い捨てた。

それでも手を伸ばして、まだ硬いままの裕哉の性器の根元から、射精できないように戒めていたゴムを外してくれる。少し間を空けて、どろりと先端から白濁が流れ出すのがわかった。

「っう」

そのぞくっとするような奇妙な感触に、裕哉は息を詰める。こんなふうになるのは初めてだった。

とまどう裕哉に、博が顔を寄せて囁く。

「裕哉がドライでイクことができるなんて、思わなかったよ。だけど、こんなふうにだらだらした感じでは物足りないはずだ。兄ちゃんので、あらためてイかせてあげよう」

物足りないなんてことはない。

裕哉は荒い息を整えながらそう思う。そのはずなのに、確かに兄が指摘したように、スッキリとしない感覚が残っていた。

もう十分すぎるほど感じさせられたはずなのに、博に仰向《あおむ》けに組み敷かれ、余韻を宿す乳首や性器を撫でられているだけで、また身体に熱がこもりそうになる。

頭の中はすでに真っ白で、絶頂直後の余韻にひくつく襞にまた何かを入れられたいような感覚が消えない。

唇を寄せられ、口伝えするように博が囁いた。

「裕哉。……兄ちゃんのも欲しいって言ってごらん」

その言葉とともに博の指が押しこまれて、柔らかく粘膜を掻き回す。

保はゴムを使ってくれたから中に注ぎこまれたものはなかったが、器用で長い指先がぬぷぬぷと動くたびに、裕哉の身体は新たな熱を宿していく。

頭が溶けてしまいそうな甘い刺激に惑わされるがまま、裕哉は口を開いた。

「兄……ちゃんの……も……っ」

いつでも、一度きりでは終わらない。二人のものを交互に迎え入れてからでないと、この淫らなセックスは終わらないと身体に叩《たた》きこまれていた。

博は甘く微笑んだ。

「いい子だ」

いつでも外さない眼鏡を指先で押し上げ、裕哉の腰の下にクッションを敷きこんでから、受け入れるために大きく足を広げさせられる。その姿を博だけではなく、保にも見られていると思うと恥ずかしさは倍増した。だが、入口に博のものが押し当てられる感触に余計なことは考えられなくなる。

覚悟して力を抜くよりも先に、博のものが性急に押しこまれてきた。

「っう、……っぁ、あ……っ」

悲鳴のような声が上がる。いつもよりもキツく感じた。襞を固い大きなもので満たされる感覚を受け止めるだけで、いっぱいいっぱいになる。

そんな裕哉の声に刺激されたのか、保も近づいてきて裕哉の頬《ほお》に手を伸ばしてきた。

「痛くしてない？」

そんな保の問いかけと同時に、博のものが根元まで突っこまれる。二人のものの形はそれぞれに違っていて、入れられてすぐのときにはそれぞれの形になれずに、中がひくひくと動いてしまう。

だが、すでに保ので中が開いていると思うのか、博の動きは最初から激しかった。

体位が違うせいもあって、保のときとは全く違った部分が刺激される違和感に息を呑《の》む。だが、すぐにそれは快感にすり替わった。

「んぁ、……っぁ、……っふ、ン、ン……」

保の膝《ひざ》に乗せられて、絶え間なく甘い声を漏らしていると、その姿に刺激されたのか唇にぬるっとした弾力のあるものが押し当てられた。それは何かと薄く目を開く前から、保のペニスだとわかった。

「くわえて、……裕兄」

熱っぽい保の囁きとともに裕哉の身体はまたうつ伏せにひっくり返され、くわえやすくなった口にまた硬いものが触れてくる。頭を支えられ、拒む力を失った口の中にぐっと押しこまれた。

「っふは、……ン、……は……っ」

押しこまれた一瞬は苦しかったが、熱い肉棒で体内を激しく貫かれるその動きのままに、裕哉は唇でそれをしごき上げる。唇の端から唾液があふれ、口腔《こうこう》にある逞しさに灼かれて頭の中が真っ白になっていく。こんなふうにされることに慣らされ、上下をいっぱいにされることでより裕哉の身体は燃え上がるようにすらなっていた。

保が裕哉の頭に手を伸ばして、愛《いと》しくてたまらないとばかりに髪を撫でてくるのが嬉《うれ》しかった。激しいセックスの最中にも、愛おしまれているのが伝わってくる。

博の突き上げるスピードがますます激しくなり、狭い部分をこじ開けるように腰を叩きつけられた。二人に挟まれて、みるみるうちに裕哉は昇りつめる。裕哉の達するタイミングに合わせるように博は淫らな動きを繰り返し、保も巧みに腰を使う。

張り詰めたゴムが弾《はじ》けるようにビクンと震えながら達すると、博の熱い精液が身体の奥に浴びせかけられ、同時に口の中で保のが弾けるのがわかった。

「あっ、……っぁああ……っ！」

それを両方で受け止めて、身体が愉悦に震えた。


ハァハァと息を整える裕哉の頭を支えて口の回りを拭《ふ》いてくれたのは保で、足を大きく開かせたまま、注ぎこんだものを掻き出してくれたのは博だ。

二人がかりで世話をされた後には、ぐったりとした裕哉の頭の下にクッションが敷かれ、肌がけがかけられた。

二人は何かと、裕哉の世話を焼いてくれる。ボーッとするしかないときにそんな二人の優しさを受け止めるのは、何だか幸せだった。

博は長男然として面倒《めんどう》を見てくれるし、保は彼女のように裕哉を扱っているようだ。

こんなハンサムを二人も自分が独占していると思うたびに、何だか申し訳ないような気分になった。

——早く……、どっちかを選ばなくちゃいけないって、わかってるはずなんだけど。

そう思いながらも、裕哉は甘ったるさの中でまどろむ。

親が死んでから、ずっと三人で暮らしてきた。辛《つら》いことも幸せなことも、みんな兄弟で分け合ってきたから、そのうちの誰《だれ》かが欠けるなんて考えられない。だからこそ選べない。どちらかを選ぶことになったら、ことあるたびに欠けた一人の不在を意識しなければならず、胸の半分がごっそりと抜け落ちたような気分にもなることだろう。

「風呂《ふろ》に行くか？」

博に尋ねられて、裕哉は首を振った。腰から下が痺れていて、まだ動き回る気力がない。

「あとで……」

「じゃあ、風呂だけ沸かしておくから」

そう言って、博は部屋から消える。

部屋のテレビがつけっぱなしになっているのに気づいたのか、保はその前に立って裕哉に尋ねてきた。

「ＤＶＤ、どうする？　また頭から見る？」

裕哉が楽しみにしていた作品を映画館で見損ねたのを知った保が、ＤＶＤレンタルが始まるのを待って借りてきてくれたのだ。後半を観《み》てないのに返却するのは惜しくて、裕哉は首を振った。

「後で……、もう一回観る。返却……いつまで？」

「明後日《あさって》」

「ン」

今すぐは頭が働かない。

保は一度ＤＶＤをプレイヤーから出して、ケースにしまった。テレビではちょうど旅番組を流しているところだった。

見るともなしに、裕哉は画面に視線を向ける。

底の白砂が透けて見えるような真っ青な海がどこまでも続き、心が洗われるような綺麗《きれい》な景色だった。フィリピンの千にも及ぶ島々のリゾート地を訪ねる番組だったが、そのいかにもな楽園リゾートの風景に裕哉は見とれてしまう。

こんな場所に行ったことがない。綺麗な景色を見ながらボーッとできたらどんなに素晴《すば》らしいだろうと考えていると、ふと気づいたかのように保が口を開いた。

「俺、今度、ここに行くんだよな」

「え？　何で、どうして？」

食いつくと、保は汗ばんだ長めの髪をかきあげて微笑んだ。

「雑誌のロケで、三日間ほどここで撮影するんだと」

「水着で？」

「そう」

「ふーん」

裕哉は保に視線を注ぐ。保はまだ、上半身裸だった。顔立ちも良かったが、保は身体つきも格好いい。マッチョというほどではなく、ほどよく鍛えられた長身に広い背中。どんな服でも着こなせる長い足。

モデルとして洗練されたからか、見慣れている裕哉でも時折、ドキッとすることすらあった。保と一緒に出かけると、やたらと女の子から見られているのがわかるし、たまにファンだという女の子が話しかけてくることもあるほどだった。

繊細に見える顔立ちは爽《さわ》やかで、品がある。昔は何かと裕哉の後ばっかりにくっついてきていた弱虫の泣き虫は、いつの間にか女の子の扱いに長《た》けたイケメンになっていた。

「海外ロケってすごいね」

最初はちょっとしたバイトのつもりだったのに、どんどん仕事が入ってきているようだ。

博ほど勉強が大好きではないようだが、保は要領がよくて成績がよく、あっさり国立大の法学部に合格した。最近はモデルの仕事が学業に影響を及ぼしそうになるほど忙しく、先日はファッションショーにも出たと聞いている。新進気鋭のブランドのものだそうだ。

「海外はあまり気が進まないんだけど、ここなら二泊三日だからいいかな、と。ちょうど大学も暇な時期だし。もし良かったら、裕兄も来てみる？　マネージャー代わりに、誰か連れてきてもいいって言ってたけど」

「本当に？」

思わぬ提案をされて、裕哉は身じろいだ。彼女などいないから、こんな機会でもないと海外の綺麗な海に出かけることなどないだろう。

「行けるんだったら、行ってみたいけど、……でも……」

「マネージャー枠ってのがあるらしいよ。うちのプロダクション、小さなところだから、わざわざ付き添い出さないいんだけど、話を事前に通しておけばたぶんＯＫが出ると思う。裕兄、一度、俺の撮影を見学したいって言ってただろ」

「うん」

裕哉は床に転がったまま、うなずいた。

撮影を見学したいと言っていたのは事実だ。弟が属する華やかな世界をちょっぴりのぞいてみたかっただけではなく、保の将来が気にかかっていたからだ。

若者層に絶大な人気を誇るメンズファッション誌の専属モデルとなった保の人気はじわじわと高まっているらしく、最近ではその人気に目をつけた大手プロダクションから、雑誌のモデルだけではなく、タレントとしても活動してみないかという誘いが持ちかけられているらしい。

だが、そんな相談があることすら保はろくに口にせず、裕哉がそれを知ったのも、留守中に電話をたまたま取り次いだためだ。突っこんで聞いてみても保は曖昧《あいまい》な返事しかせず、まだどうしようか迷っているように感じられた。

——そりゃあ迷うよな。将来がかかってるし。

見かけが派手《はで》な割には、保は昔から堅実な性格だった。当たるも八卦《はっけ》な芸能界の誘いに乗るか、もしくは大学の勉強やゼミをしっかりこなして、企業や官公庁に就職したり、しっかりロースクールに通って法曹界に入るか迷っているのだろう。

長男の博は保と折り合いが悪く、そんな相談をしてもまともに応じないに決まっている。だからこそ次男の自分がしっかり相談に乗らなければならないと思うのだが、裕哉にとって芸能界というのはあまりにも遠すぎた。何もかもピンとこない。

だからこそ、今回のロケを見学させてもらって、保がその世界でちゃんとやっていけそうか、この目で見定めたかった。

「行けるんだったら、行きたいな。行ってる間、何でも手伝いするから」

力をこめて言うと、保は柔らかく微笑んだ。

「じゃあ、聞いておく。俺のマネージャー役だから、特に仕事はないと思うよ。見学しててもいいし、水着とか持っていって、好きな時間にシュノーケリングとかスキューバしててもかまわない。パスポートは持ってたよね。来月の十二月四日からの、二泊三日になるけど」

「ちょっと待て。裕哉を連れていくつもりか」

いきなり、強い声が割りこんできた。

ハッとしてドアのほうを向くと、不機嫌そうな顔でドアのところに立っていたのは博だった。風呂を沸かしに行って、戻ってきたところらしい。

保は博を見て、自信たっぷりの笑みを浮かべた。

「本人が行くって言ってるんだから、連れてくよ」

博は中指で眼鏡の中心を押さえた。レンズの奥の怜悧《れいり》な瞳《ひとみ》が、冷ややかな輝きを増す。

「ダメだ。おまえと保が南の島に行ったら、ろくでもないことになるに決まっているだろう。南国のトロピカルフルーツや開放的なムード、さらには酒や麻薬で無垢《むく》な裕哉をたぶらかし、妙なことを教えこむに決まっている。そんなことを私《わたし》が許すと思うか？」

断定的な博の言葉に、裕哉はあわてた。

「ちょっと兄ちゃん！　他《ほか》の人もいるんだからそんなことは」

だが、博は聞く耳を持たない。

「わからないぞ。そもそものロケというのが、どこまで本当だかわからん。ろくでもない集団に一人巻きこまれた裕哉は、現地に到着するなり体内の穴という穴を陵辱され、いくら泣いて頼んでも休むことを許されず、腫《は》れ上がった後孔に肉棒を突っこまれ続けるんだ。そんなことになっていても、海外となれば兄ちゃんはすぐに助けに行けない」

「なっ……」

保はそんな妄想を語る博に、あきれたように言い返した。

「ちゃんと事務所から届いた、ロケの通知を渡す。雑誌は知名度のあるものだし、関《かか》わっているプロダクションもまとも。ホテルや同行者、責任者などもわかるようにしておくから」

だが博は態度を変えなかった。

「ホテルや同行人はまともでも、一緒に行くのがおまえだというだけで許可できない。どちらも選ぶという裕哉の意思を尊重して、抜け駆けは一切なしという協定を結んだはずだ。なのに、二人で南国のホテルで夜を明かすなんて、何もないはずが――」

ガミガミ言う博に、保は肩をすくめて妥協案を出した。

「だったら、俺と裕哉の部屋は別室にしてもらう。それならいいだろ？」

またすったもんだの騒ぎになりそうになったが、抜け駆けは絶対にしない。泊まる部屋はシングルにして、夜は鍵《かぎ》をかける。夜間に保と二人きりで話すときには、廊下のドアを開けていく。年頃《としごろ》の女の子か、というような約束をしてようやく、ロケに同行することを博は承諾した。

話が決まってから、裕哉はあきれて口を挟む。

「そんなにうるさく言うんだったら、兄ちゃんもロケに来ればいいだろ。さすがにマネージャーを二人も連れていくのは無理だろうけど、ホテルと飛行機を自費で出せば、見学ぐらいできるよ」

「嫌だ。南の島は好きじゃない。それに、うちのクリニックは二ヶ月先まで予約で一杯だ」

できれば一緒に来てもらって、保の将来を一緒に相談したかったのだが、博はすげなく言った。

かくして、裕哉は二週間後に、保と南の島に旅立つことになった。

日本《にほん》は冬でコートが必要な季節だったが、向こうは一年を通じて気候の変動は少なく、平均気温は三十度前後だから、Tシャツで過ごせるらしい。

決められた場所に集合したときから、その一行は異彩を放っていた。

さすがに有名雑誌モデルだけあって、女性でも裕哉より背が高いし、びっくりするほど顔が小さくてスタイルが良く、近づけないようなオーラを放っている。男性モデルもキラキラしていた。

その中に違和感なく混じって他のメンズモデルと話している保からも、やはりオーラを感じる。

周囲の乗客から遠巻きにされる中で、裕哉たちは搭乗口へと向かった。

海外に行ったことなど数えるほどしかなかったから、何だかわくわくしていた。保は裕哉の隣の席で、何かと世話を焼いてくれた。英語が必要な機会は何度かあったが、緊張して言葉が出てこない裕哉とは違って、保は驚くほど流暢《りゅうちょう》に喋《しゃべ》っていた。

——海外旅行に行くと、男の器量の大きさが出るって聞くけど。

その点では保は合格だ。落ち着いて、何にでもてきぱきと応じている。スタッフとも良好な関係を築いているのが感じ取れた。

到着したマニラ空港では小型機に乗り継いで島まで行くために待ち時間があった。保は同行者の誘いを断り、裕哉と二人きりで空港の外れにあるコーヒーショップに入る。

運ばれてきたコーヒーを飲みながら、裕哉は気になって尋ねてみた。

「保さ、——本当に俺でいいの？」

「どういうこと？」

保は通されたソファで悠然と長い足を組んでいた。さすがはモデルだけあって、サングラスに黒いシャツといった何でもない服装でも絵になる。

「いや、その、保に気のある女の子がいるだろ」

彼女のアプローチはあからさまで、そういうのには鈍い裕哉にも感じ取れるほどだった。

「別に興味ないから。むしろ裕兄がいると、あの子からしつこくされなくて好都合」

甘く微笑まれて、裕哉の鼓動がとくりと乱れた。

「でも、本当はその子のがいいんじゃないの？　綺麗だし、連れて歩いたらお似合いだし」

「誰からどう見られようが、気にならない。連れてる相手で見栄《みえ》を張るなんて、最低だしね。――俺はさ、こういうのは結局、相性だと思うんだよね。一緒にいて楽しいか、心から信頼できて安らげるか」

こういう殺し文句をサラッと言える保に、ドキドキする。頬が染まるのを感じながら、裕哉はコーヒーをすすった。

「俺といると、……安らげる？」

「うん。俺の恥ずかしいところもいっぱい知られているから。おねしょのパンツとか洗ってもらったし」

サングラスを外した保に意味ありげに見つめられて、裕哉の鼓動はさらに高まった。

保が視線をそらさないまま、裕哉以外の誰にも聞こえないような低い声で囁いた。

「ねえ。……この旅行の間だけは博兄のことなど忘れて、俺だけのものになって。大切にするから」

その言葉には、おそらく嘘《うそ》はないはずだ。保は気が利くし、裕哉を楽しませるのも上手で、記念日にはちょっとしたイベントなども準備してくれる。

だけど、裕哉は素直にうなずくことはできなかった。

「ダメ」

「何で？　そんなにも博兄のことが忘れられない？」

「抜け駆けはしないって約束だっただろ」

「どうして決められないの？　早く、俺を選んじゃいなよ。どうしたら決められる？」

すぐそばから向けられた保の眼差《まなざ》しには、いつになく真剣なものがこめられていた。

その視線を受け止めきれずに、裕哉は目を伏せてしまう。贅沢《ぜいたく》すぎる悩みだと思う。二人から求愛されて、選べずにいるなんて。

だからといって、簡単には決められない。

「……わかんない。どうすれば決められるかなんて、……俺のほうが知りたい」

ぼやくと、保が軽く笑って緊張を解いた。

「だったら俺を選んでくれるように、この旅行中に頑張らなくちゃ」

そんな余裕のある態度にドキッとする。気がつかないうちに保は、裕哉が考えていたよりもずっと大人になっていたようだ。

時計を見て腰を浮かし、搭乗口へ向かう。

ホテルは高級なリゾートであり、新婚旅行などに人気があるところだそうだ。

小型機に一時間ほど乗ってから、到着した島の飛行場からさらにスピードボートで三十分ほど海上を移動したところに、目指すリゾートホテルはあった。

すっかり冷えこむようになった都内とは違い、移動中にもいかにも南の島といった景色が目に飛びこんできて、裕哉はそれらに見とれた。

移動するボートから透明な海水とその奥にある珊瑚礁《さんごしょう》が見え、青い空と白い砂浜に椰子《やし》の木といった完璧《かんぺき》なロケーションが揃《そろ》っている。雑誌撮影のためだから、特にこのように風光明媚《ふうこうめいび》な場所を選んだのだろう。

ホテルに到着したのは、昼すぎだった。

保から説明を聞いたところによると、このホテルのプライベートビーチと、そこからボートで渡った小さな無人島を中心に撮影が行われるそうだ。

到着するなり、スタッフは休む間もなく撮影の準備に取りかかった。

モデルたちは荷物をフロントに預け、ホテルの別室に設けられた控え室で着替えやメイク、ヘアメイクを行うことになるそうだ。

裕哉も荷物を預けてしまうと他にすることがなかったので、機材の搬入などを手伝うことにした。

今回の撮影はカメラマン、ヘアメイク、スタイリストやモデルやガイドなど、総勢二十八名の大所帯だそうだ。

まずは撮影をするプライベートビーチまで機材を運びこむ。裕哉は大勢のスタッフに混じって、ライトやレフ板などを運ぶ手伝いをした。

撮影は水際で行われるようだ。邪魔にならないように、大きなビーチパラソルや真っ白なリクライニングの椅子《いす》、テーブルなどが取り去られ、裕哉はそれも手伝う。

モデルが準備をしているうちに、カメラマンがアシスタントを使って露光や構図を調整し、何度もテストを繰り返した後で撮影がスタートするようだ。こうなってからは裕哉が手伝うことはなく、ただ邪魔にならないように注意しながら遠くから眺めるばかりだった。

先ほど撤去した椅子やテーブルなどが一面に並べられている端に座って、裕哉は撮影を見学する。

色っぽい水着をつけた女性モデルのしなやかな肢体にもドキドキしたが、それよりも気になったのは同じく水着姿の保だ。

女性モデルたちとからんでポーズを取る保は、同じ男でも見とれるほどに格好がいい。さすがはプロのモデルだけあって、動いている姿の一つ一つがポートレートのようだ。

「さすがだね、保くんは」

すぐそばで声が聞こえて、裕哉はそちらに顔を向けた。

自分のすぐ横の椅子に、業界人っぽい雰囲気の初老の男が座るところだった。

目が合うと、彼はにこりと笑って、名刺を差し出してくる。

「保くんのお兄さん？　来てるって聞いたけど」

「あ、はい。氷室裕哉です」

立ち上がって挨拶《あいさつ》すると、彼はにこやかに微笑んで裕哉に椅子に座るように仕草で伝えた。

「どうも。私は『ブリリアンス』というアパレル企業の広告宣伝部長の早乙女《さおとめ》です。今回、この雑誌とタッグを組んで、大がかりなキャンペーンを仕掛けることになったんですが」

「え」

ということは、と裕哉は少し考える。

雑誌は広告が大きな収入源となっていると聞くから、そのスポンサーという立場なのだろう。『ブリリアンス』という若者向けメンズブランドは知っている。シャツ一枚で一万円以上するので裕哉には手が出なかったが、デパートなどにも多く出店しているはずだ。

早乙女はビーチに出てきたホテルスタッフを呼び寄せて、飲み物を頼んだ。自分の分だけでなく、裕哉の好みも聞き出して自然とオーダーしてくれたので、遠慮することもできなかった。

撮影は一つのポーズにOKが出て、次を撮るための準備になっていた。

その間、スタッフはきびきびと歩き回り、モデルたちは控え室や日陰に入って、メイクやヘアを直したりして何かと忙しそうだ。

「弟が、いつもお世話になっております」

「とんでもない。保くんに世話になっているのはこっちですよ。保くんにはずば抜けた華がある。世界に羽ばたくモデルとして、今すぐ専属契約をしてみたいぐらいにね」

早乙女はずいぶんと保を買っているみたいだ。何だか嬉しくなった。

「専属って何ですか?」

「うちのブランドの専属モデルのこと。二年ごとに変更してるんだよ。ただ、うちと付き合いの深いタレント事務所があって、うちの専属になるつもりならそこに移ってもらわないといけないんだけど、保くんはなかなかうんと言ってくれないんだ。だから、今日はお兄さんが来ていると知って、そちらからからめ手で口説こうかと」

冗談めかせた口調に、裕哉は自然に微笑むことができた。

「無理ですよ。保には保の判断がありますから、俺が何か言っても聞きません」

「そうかな？　だけど、挑戦はさせてくれないか」

軽い調子で早乙女は言う。

保は家ではほとんどモデルの仕事の話はしない。だから、『ブリリアント』の専属モデルの話が出ていることなど、全く知らなかった。『ブリリアント』の専属になれば、何かと広告に保の写真が使われるだろうから、人目につくことも多くなるのではないだろうか。

——なんで保は断っているんだろ？

ほどなく、頼んだトロピカルドリンクが運ばれてきた。

いろいろな花やフルーツが飾られたそれはとても冷えていておいしく、裕哉はそれを飲みながら、早乙女と同じテーブルで撮影を見学することになる。早乙女は撮影のことや業界のことを、いろいろ教えてくれた。その視線の先で、仕事を続ける保の姿が目に入る。

仕事をしているときの保は、家にいるときの何十倍も光を放っていた。そんな保の姿は誇らしく感じられたが、少し寂しいような気持ちにもなる。自分の服の裾《すそ》をつかんでくっついてきた頃の可愛い弟はもういない。

夕暮れに赤く染まる幻想的な空の色も生かしたいのか、日が暮れるまで撮影は続いた。

その後ようやく終了となり、部屋の鍵が配られ、夕食を取るレストランの場所などが伝えられて解散となる。明日はボートで無人島に渡り、撮影となるようだ。

裕哉は和やかにいろいろと話をしてくれた早乙女と離れ、保と部屋に向かう。

スタッフと別れて二人きりになってから、裕哉は口を開いた。

「お疲れさま」

「ああ。退屈じゃなかった？」

「全然。面白かったよ。保が仕事しているところを初めて見たけど、めちゃくちゃ格好良かった」

言うと、保は眉《まゆ》を上げて少し照れくさそうに微笑んだ。

「そうかな。明日はずっといる必要はないから、ホテルの近くの海で泳いだり、シュノーケリングとかするといいかも」

「けど一人だし、楽しいから見てる。何でも手伝いするから」

「そうか？　でも一人じゃ嫌なだけなら、誰かガイドを頼んでやろうか」

「いいって。撮影見てたほうが楽しいよ。最初から、そのつもりで来てたんだし」

ロビーを抜け、廊下の分岐点にある地図の前で裕哉が自分の部屋の番号を確認すると、渡されたそれぞれの鍵を付き合わせた保が眉を上げた。

「あれ。同じ部屋か？　別にしてくれと、頼んでおいたんだけど」

どこで手違いがあったのかと思いながら、裕哉と保はそこで詳しい案内を開く。二ベッドルームと書いてはあったので、とにかくそこに向かってみることにした。

廊下は途中から長い桟橋となり、その先にある水上コテージが二人の部屋だった。

椰子の葉で屋根が葺《ふ》かれ、外壁は渋めな木の色をしている。外からだとこぢんまりとした小屋に見えたが、入って見ると意外なほど広く、二つのベッドルームと外洋に面して大きく窓が取られたリビングと、その先に広いデッキがある。デッキの先には階段があって、透明度の高い海に直接部屋から入れる仕組みになっていた。

「すごい……！」

裕哉は感動した。

夕暮れはかなり終わりかけていて、水平線近くにかすかなオレンジ色が残っているだけだったが、それでもデッキで幻想的な風景に見とれていると、スタッフがウェルカムドリンクとフルーツを運んできた。裕哉は一度、リビングに戻る。

リビングの床も一部がガラス張りになっていて、照明をつけるとその下を泳ぐ魚が見えた。

ドリンクを飲みながら、裕哉は想像以上のロケーションに浮かれてしまう。

「すごいね、ここ」

「スイートだな。シングルにしたいと頼めばホテル側の部屋に変えてくれるだろうけど、こんなに海が近くはないと思うぜ」

保に言われて、裕哉は悩む。

この部屋は楽しそうで、離れたくない。寝室二つなら、博も許してはくれないだろうか。

「兄ちゃん、怒るかな？」

言うと、保は軽く笑った。自分の分のドリンクを持って、デッキへと出て行く。

「寝室二つなら、シングルみたいなもんなんじゃないの？　何だったら、鍵かけて寝てもいいし」

海にせり出したデッキには、白いリクライニングチェアが二つ並べておいてあった。保の真似《まね》をして、裕哉もそこに寝そべった。

見上げると、日が暮れたばかりの空に星が少しずつ輝き始めていた。

日本とは別世界に感じられる。海も空も綺麗で、ホテルは最高だった。こんなところはおそらく、新婚旅行じゃないと来ることはできないだろう。

「今日の保は格好良かった。みんなが、…保に憧《あこが》れるのって、何となくわかったような気がする……」

「ん？　何、突然」

くすぐったそうに保が笑う。そんな弟に、裕哉は言葉を重ねた。

「タレントになれっていう誘いとか、来てるんだって？　どうするつもりなんだよ？」

「ん……。どうしようかね。バイトのつもりで片足突っこんでいるだけならまだしも、本気になったらしんどそうな業界だよ。努力したら必ず成功するとも限らないところだし」

「だけど、早乙女さんはすごく保のことを褒めてた」

言うと、保が身じろいで身体を起こす気配があった。呑気《のんき》そうだった声が、少し引き締まる。

「ああ。やっぱり、今日、裕兄が喋ってたのは早乙女なんだ？　遠目で良く見えなかったけど」

「うん。『ブリリアント』の広告の人だってね。次の専属モデルを保にしたいって言ってたけど」

「あの男には近づくな」

強い調子で言われて、裕哉は驚いた。

「何で？」

「女癖悪いって言われてるんだよ。『ブリリアント』の専属モデルを餌《えさ》に、モデルの女の子を何人も毒牙《どくが》にかけたって聞いたことがある。女だけじゃなくって、男もいける口だって」

思わず、裕哉は笑った。

「って言っても、綺麗なモデルさんならともかく、俺まで食おうなんて考えてないだろ？」

今日の撮影の後では、モデルと一般の人間の間には美しさという見えない壁があることをしみじみと実感させられる。

早乙女が好きなのはモデルであって、普通の人間ではないはずだ。

だが、保の声は厳しいままだった。

「失敗した。早乙女が来るんだと知ってたら、裕兄を誘うんじゃなかったよ。女の子の場合、特に綺麗な女の子は昔から身の危険にさらされているから、いろいろと敏感なんだよ。自然と危険を察知する能力がついているっていうか。だけど、裕兄のように薄ぼんやりとしたタイプはいろいろ心配」

「薄ぼんやり？」

裕哉は聞き捨てならなくて、言い返す。

だが、考えすぎだ。そこら辺の男性が、みんな狼《おおかみ》になるわけじゃない。今日の早乙女の態度を見ても紳士的で、自分に気があるような態度には思えなかった。むしろ、興味があるとしたら保に対してではないだろうか。

だが、保は納得した様子がない。

「裕兄には、危機感がなさすぎる。俺と兄さんに襲われたときにも、何をされようとしてるのか、わかってなかっただろ。あのころならまだしも、俺たちがせっせと毎日磨いてるせいか、最近、裕兄が何かと色香を漂わせることがあるのをしってる？　やたらと危険。――何なら、男がどんなとき狼になるのか、実地で教えてあげようか」

保が低い声を漏らしたのと同時に、音もなく隣のチェアから下りて近づいてくるのがわかった。

すでに日は沈み、周囲は薄明に包まれつつある。そんな中でホテルや海沿いの椰子の木々や桟橋などが照明に美しく浮かび上がり、このコテージもところどころに照明が灯《とも》って、ロマンチックなムードを掻き立てていた。

「こんなところに保と二人っきりで来たら、どんな女の子でも堕《お》ちそうだな」

リクライニングチェアの横に立った保に危機感なくそう言うと、クスクスと笑われた。手が伸びてきて、裕哉の髪をくしゃりと撫でる。その感触の心地良さに、裕哉は目を閉じた。

「裕兄はこんなところに俺と一緒にいて、堕ちないもんなの?」

「堕ちてる……とっくに。保の格好良さに」

「本当?」

「うん」

「だったら、博兄と俺と、どっちが好き?」

「それは……比べられないけど」

「それって、堕ちてるって言うのかな?」

その声と一緒に、そっと保の顔が近づいてきた。キスされるのがわかっていても、不思議と動けなかった。唇がそっと触れあうたびに、鼓動が高まる。今日ずっと遠くで見ているしかなかった保が、こんなにも自分の近くにいて、特別扱いしてくれるなんて嬉しい。だけど、自分が保と血をわけた兄でなかったら、こんな特別待遇を受けることはなかったはずだ。

だけど軽いキスでは終わらず、舌までからめとられ、保の身体の重みがリクライニングチェアにまでかかってくると、焦りが沸き上がった。

「ちょっ、……もうじき、夕食だろ」

「疲れてるといって、ルームサービスを頼んでもいい」

「だけど、……抜け駆けしないって……、兄ちゃんと約束したし……！」

言っている途中にも、背けた頬や首筋や耳の後ろに保の唇が柔らかく押し当てられる。

耳朶に口づけながら、保は囁いてきた。

「選べないうちは、抜け駆けなしって約束。だけど、俺のことを選んだのなら、約束に背いたことにならない。だから、今すぐ俺を選べばいいんだよ」

保は大きなてのひらで身体のラインをなぞってきた。服越しに乳首がそのてのひらに触れただけで、ぞくっと痺れが沸き上がる。こんなふうな場所で二人きりになっていることを、少しだけ怖いと思った。

「……やめろ、保……っ」

「何でやめなくっちゃならない？　いつでも裕兄にこんなことしたいと思ってるのに」

その言葉とともに強く抱きしめられて、首筋に唇を押し当てられる。

そこを痛いぐらい吸われて、甘さに混じった痺れがぞくんと身体の内側を走り抜けた。こんなふうに求められて、嬉しいと思わないわけがない。首筋から外れた唇がまた裕哉の唇に重ねられ、舌をからめてむさぼられた。吐息がどんどん乱れていく。

いっそ保のものになったら、どんなふうだか考えた。上手に裕哉を甘やかさせてくれて、楽しいことばかり提案してくれるだろう。だが、博の冷ややかな表情が頭をかすめたとき、裕哉は反射的に保のことを押し返していた。

「ダメだ！　兄ちゃんとの約束が」

「博兄のことがそんなに大切？」

保は動きを止めて、リクライニングチェアの上からそっと裕哉を見下ろしてくる。はだけたシャツの間から入りこんだ空気が、直接肌を撫でた。

「大切——だよ」

「俺のことは？　博兄の次に大切？」

裕哉の肩をつかむ保の手に痛いぐらい力がこもる。それに保の思いが秘められている気がして、裕哉の胸まで痛みが走る。

どっちのほうがより大切とか、順番をつけたことはない。どっちも大好きで、大切だ。どう答えたらいいのかと困惑していると、保が押し殺した声で告げてきた。

「裕兄は優しいから。……振られた博兄のことを思うと、俺を選ぶことができないんだろ？　だけど、博兄は大丈夫だよ。裕兄のことを幸せにするから、俺のものになってくれない？　何回、頼んだらいいのかな」

いつでも余裕たっぷりな保の、真摯《しんし》な思いのこもった声にぞくりと震えが走った。

それでもうなずくことができないでいると、噛《か》みつくように唇を奪われ、口腔内を荒々しく舌で掻き回される。そんな保が痛々しく感じられてそのまま流されてしまいそうになったが、それでも博を裏切ることはできるはずがない。出発前にあれだけ約束させられたのだ。

「や、……めろ……っ！」

顔をそらせ、とにかく保の頭を押し返そうとした。だが、力ではかなわず、全身で組み敷かれそうになる。

そのとき、振り上げた裕哉の手が保の頬に届いた。

ぱしっと、間の抜けた音が響く。力のこもらない中途半端な打撃でしかなかったが、それでも保の頭を冷やすには十分だったらしい。

「……ごめん」

保は弾かれたように動きを止め、一呼吸してから全身の力を抜いた。

言葉とともに、保は上体を起こしてリクライニングソファから下りる。その気配に、裕哉はようやくホッとした。

「いや」

「……そんなにも、博兄のことが裏切れない？」

「だから、……わからないよ、そんなに問い詰められても」

どっちも大切、ではいけないのだろうか。

だけど、保の気持ちもわかる気がした。

――たぶん、不安なんだ。

だいぶ年齢は離れているが、何かと博と競い合ってきた。その血のにじむような努力はもしかして、

裕哉に認められるためだったのだろうか。だとしたら、裕哉が保を選ぶまで保は博を追い越したことにならない。

考えすぎて頭の中がぐちゃぐちゃになってきたとき、どこかで携帯が鳴っているのに気づいた。

——あ！

裕哉はあわてて、リビングに戻る。途中で切れてしまうかとおもいきや、呼び出し音はしつこく鳴り続けている。見ると、博からだ。

『無事か？』

出るなり、開口一番にそう言われた。

「兄ちゃん」

何だかホッとして、泣きそうになった。二人とも選んだのは自分なのに、うまく応じられずに全《すべ》てがめちゃくちゃになってしまいそうで不安になる。やはり、どちらかを選ばなければならないのだろうか。兄か、弟か。選ぶとしたら、どちらを選ぶべきなのだろう。

『なんだ？　様子が変だな。早速、あの狼に何かされたか？　いざというときにはおまえのスーツケースに痴漢撃退用のスプレーとスタンガンを忍ばせておいたから、それを使え』

相変わらずな兄の声を聞いているうちに何だか落ち着いてきて、裕哉は微笑むことができた。

「うん。……そう、元気。……うん、寝室は別だよ。……これからご飯。……そう、明日も撮影。お土産買って帰るから。……そう。ん。じゃ、お休み」

東京からでは電話代がかかるのに、そんなことも気にせずくどくどと言う博を振り切って、どうにか電話を切る。

遠く距離を隔てていると、そんな兄のしつこさもどこか胸に染みた。

翌日も朝早くからロケは始まった。

裕哉にあてがわれた仕事はないから、一日遊んでいてもいいと保は言ってくれたのだが、ホテルで借りたシュノーケリングセットを使って、夜明けと朝食後に軽く保とコテージの周辺で泳いだだけで満足だった。

ボートでみんなと一緒に無人島に渡り、そこで撮影となった。

だいたいの撮影手順は、昨日と同じだ。まずはモデル抜きで構図やアングルを決め、何度もテストを繰り返して微調整したのちに本撮影となる。

写真一枚撮るのにこれほどの手間がかかっていることを、実際に現場に立ち合って裕哉は初めて知った。

午前中の撮影が終わると、無人島まで運ばれてきた昼食をみんなでとる。和やかなまま食事は終わり、午後の撮影の準備が始められていたとき、不意に裕哉に声がかかった。

「ちょっと、午後から付き合ってくれないかな」

そこにいたのは、早乙女だった。

午前中、その姿は見なかったが、いつの間にかやってきていたらしい。呼ばれて近づくと、早乙女はスタッフと打ち合わせをしていた地図を畳みながら言った。

「これから明日のロケハンに行くんだけど、手が空いてるスタッフがいないんだ。一緒に行ってくれないかな」

早乙女には近づくな、二人きりになるなと、昨日、保から言われていたことが蘇る。こんなにストレートに誘われると断りにくかったが、最初は断ろうと思った。

「え、ですが……俺、ここにいないと」

「何か用事でも？　することがあるんだったら、他のスタッフに代わってもらうように伝えておこうか」

「用ってほどの用でもないんですが」

「だったら、付き合ってもらえないかな。本当に困ってるんだ」

そう言われると、断り切れない。

そもそも裕哉に用事などなくて暇な上に、ここにくるための旅費や宿泊費もロケ代の中に含まれているはずだ。何でも言われたら手伝いたい気持ちがあった。

「その……」

どうしようかと悩んでいると、にっこりと微笑みながら尋ねられた。

「何か、私と一緒に来られない事情でもあるの？」

裕哉は言葉に窮する。

早乙女は女癖が悪いから近づくなと保から注意されたなどと、決して本人に告げられるはずがない。

それは失礼極まりないし、早乙女もモデル以外に手を出すつもりはないはずだ。

「いいえ。俺だと慣れてないし、役に立たないと思っただけで。……本当に、俺でいいんですか」

「いいよ。ロケハンと言って、次に回る場所を下見してくるだけなんだ。ベストスポットを捜して、簡単に撮影してくる。そのときに、ちょっと立っていてくれればいいだけだから」

「え？　モデルならもっとちゃんとした……」

「大丈夫大丈夫。人の形をしてればいいんだ」

そこまで言われると、これ以上抗えなかった。

それに、島を車で巡るのは楽しそうだ。

出かける前に一言断っておこうとしたが、すでに保は午後の撮影のための準備を始めていて、スタッフに囲まれている。邪魔をするのははばかられた。

――いいかな。後で、携帯にメールを入れておけば。

海外では携帯メール料金は高くつくから多用するわけにはいかないが、それで問題ないはずだ。

早乙女と一緒に無人島からホテルまでボートで移動し、その間に裕哉は保にメールを打った。

『早乙女さんと一緒に、ロケハンに行きます。そっちの撮影が終了するまでには、戻れる予定だって(^o^)』

送信してから、裕哉は携帯を腰バッグに戻す。

いろいろと手伝えるように、裕哉はシャツに膝までのハーフパンツに腰バッグといった軽装だった。早乙女と二人きりになったことに少し緊張はあったが、彼の態度は昨日と変わらず、話しやすくて親切だ。ホテルでレンタカーに乗り換えて、海沿いの道を走っていく。運転は早乙女で、助手席に裕哉は座った。海はキラキラと輝き、熱帯の木々や景色がとても綺麗だった。

ところどころで車を停《と》めて、早乙女は写真の背景となるところを捜しているようだ。

岸壁の上から海を見ると、水を透かして珊瑚礁や、熱帯の魚がたくさん見える。目にするところ全てが絵になった。

「シュノーケリングはした？」

「ええ。今朝、保とホテルのそばを」

「ダイビングもいいよ。釣りが好きだったら、ナイトフィッシングも最高だね。前に来たとき、釣りをしてさ。その最中に空を見上げたら、満天の星空でね」

「そういえば、昨日も、めちゃくちゃ星が綺麗でした」

「そうだろ。あ、あそこ」

早乙女が車を停めて、波間を指さした。

距離を隔ててもわかるほど、大きな魚が泳いでいく。早乙女は身体を乗り出して、その行方を目で追った。

「ジンベイだよ」

「ジンベイ？」

「ジンベイザメ。やはり、こういうところに来たら、海には潜るべきだと思うな。幾重にも重なり合うテーブル珊瑚に、チョウチョウウオ。ツノダシの群れ。運が良ければ、ウミガメも見れる。ありとあらゆる魚たちが泳いでいるのが海中から見えるよ」

「でもサメとか、怖くないですか？」

「大丈夫。ジンベイザメは肉食ではなく、オキアミなどをこしとって食べてるんだ。鯨とかと一緒だね」

話しながら早乙女は車を出発させ、海岸沿いをのろのろ走っては一緒にベストスポットを捜す。

椰子の木立の前の砂浜は真っ白で、透明な海がどこまでも続く。どこでもいいような気がしたが、水の深さや写真に映える珊瑚礁があるかなど、撮影にはいろいろと押さえておくポイントがあるらしい。ここぞというところで車を降りて、しばらく海岸沿いを歩いた。

「あ、いいね。そこ、とりあえず立ってみて」

早乙女が裕哉を立たせて、本格的なデジタルカメラで撮影する。こういうときに人と一緒に映さないと、さすがに縮尺などがわからないのだろうと納得できた。

続けて何カ所か移動して撮影をした。早乙女がGPSのデータとともに地図にいくつか印を書きこみ、満足そうにため息をついた。

「これで、残りのロケハンは終了っと。天気もいいし、明日もいい撮影ができそうだね」

海岸沿いに道路が延びてはいたが、ほとんど通りがかる車はなかった。車はその道路から海際に入って椰子の木陰に停めてある。

レンタカーに戻ると、早乙女は積んであったクーラーボックスから缶ジュースを取り出した。二人で車の中でそれを飲む。歩いて喉も渇いていたから、冷えた飲み物がとてもおいしく感じられた。

「疲れた？　ちょっと、休憩してくね」

言いながら、早乙女が運転席のシートを大きく倒した。時刻はまだ三時過ぎで、車の中はクーラーが効いており、とても涼しくて快適だった。少し涼むのかと理解して、助手席の裕哉も休憩がてらシートにもたれかかる。

「もっと倒してもいいよ」

言われて、裕哉はレバーをひねってシートを倒す。レンタカーだから加減がわからなくて、一気にシートがフラットになるぐらいに倒れた。

さすがにこれは倒しすぎだと思って元に戻そうとすると、笑いながら早乙女が腕を伸ばしてきた。

「いや、いいよ、このままで。君の顔が良く見える」

――あれ？

何だか先ほどまでと早乙女の雰囲気が奇妙に変わった気がして、裕哉はとまどった。

ぎこちなく早乙女から視線をそらせて、この時間が過ぎるのを待つ。シートが倒されたままだと、無防備で落ち着かない。

早乙女は低い声で、意味ありげに囁いてきた。

「保くんは才能がある。だけど、この世界、それだけではダメだということも知ってるかい。君は保くんが成功するのに、力を貸すつもりはある？」

裕哉は怪訝《けげん》に思って、眉を寄せた。

「どういう意味ですか」

「魚心あれば水心、って言えば、わかるか？」

「わかりません」

どうにかこの微妙な場から逃れたくて、裕哉は上体を起こそうとした。だが、運転席のほうから早乙女がぐっと身体を乗り出し、裕哉の肩を上から強くつかんだ。

「私はね、君みたいな素朴な感じのする子もいいなって思ってるんだ。芸能界にいるのは、みんな擦れちゃっているからね。君には不思議な色香がある。私の手で開花させてやりたくなるような」

そのとき、裕哉の腰バッグの中で消音のバイブ機能にしてあった携帯が鳴り始めた。それをつかもうとしたが、腰からバッグを外されて後部座席に投げ出される。それどころか、早乙女は本格的に助手席に移動してきた。その身体の重みがのしかかった途端、嫌悪感がこみあげて裕哉は暴れる。

「やめ…、て……ください…！」

これは襲われているという状況なのだろうか。まさかこんなことが実際に自分の身に降りかかるなんて考えてもみなかった。

「大人しくしなさい。保くんがどうなってもいいのかい？」

「保は関係ない……！」

裕哉は思わず怒鳴った。

保に便宜を払うから代償を払えなんて、弟に対する侮辱だ。

そんな汚い手を使ったことが知れたら、保は早乙女だけでなく裕哉のことを軽蔑《けいべつ》するだろう。それに、こんな方法を使わなければ保が大成しないと言われているように思えて、頭にカッと血が上る。

必死で押しのけようとしたが、早乙女の力は強かった。車の中でこのようなことをするのに慣れているのかもしれない。がむしゃらな抵抗は無駄に体力を消耗するだけでしかなく、息ばかり切れて抵抗が形にならない。

それどころか、寄せられてきた早乙女の顔への不快感に顔を背けると、熱い唇が首筋に落ちた。そのぬるりとした感触に、全身におぞけが走る。

「やめ……ろ……っ！」

そこから全身が腐ってしまうような気がするほど、気持ち悪かった。

さらに渾身《こんしん》の力をこめて早乙女を押し返そうとしたが、助手席はあまりに狭かった。その重みのある身体を身体の上から振り払えないでいるうちに、首筋をさらに早乙女の唇がなぞる。裕哉は身体を反り返らせて、息を呑んだ。

「いやだ、……やだ……！」

この世にこれほどまでの不快感があるのかと思った。

パニックに陥って声も張れず、身体に力が入らない。このままではダメだとわかっているのに、小刻みに身体が震えてくる。

「こういうのは初めてかい？　男の子だからね、ビックリしたのかな。だけど、力を抜いて、私に力を任せていればいい」

——誰か誰か誰か……！

嫌で嫌でたまらないのに、早乙女のぬるぬるとした舌が裕哉の耳朶を這った。そのナメクジのような感触といったらなかった。さらにシャツをはだけられ、肌を撫でられるとガチガチと歯まで震えてくる。

「……っふ」

「泣いちゃってるの？　少し驚いたのかな。悪いことはしないから、もっと力を抜いてリラックスすればいい。保くんのことも、悪くはしないから」

下腹部に早乙女の猛《たけ》ったものが触れて、その嫌悪感が募った。

「ぐ……ぁ、……っふ」

唇をふさがれて、キスされる。

必死で舌を入れさせまいと歯を食いしばったが、唇や歯の表面をぬめぬめと舐められて死にたくなる。呼吸が苦しい上に、シャツの下に忍びこんだ手で身体を撫で回されて、必死でそれを振り払おうとあがく。

——保……！

いつしか頭の中で懸命に、保に救いを求めていた。まだ撮影は続いているのだろうか。自分が早乙女と出かけたことをメールで知るなり、すぐに探しに出てくれないだろうか。

だが、保にとっては仕事が優先だろうし、自分が島のこの位置にいることなどすぐにわかるはずがない。助けにきてくれるはずがないという現実認識もあった。

保と博の顔が頭をかすめる。

ここで早乙女に最後までされるようなことがあったら、二人は裕哉に愛想を尽かすかもしれない。警告されていたのに、みずから進んで罠《わな》にはまった愚かな人間だと。

二人に捨てられると思った瞬間、胸に痛みが走った。きゅううっと心臓が引き絞られ、大きく鼓動が鳴り響く。

——嫌だ……！

保や博の大きな腕に抱きしめられるのが好きだ。そうされると、ひどく安心する。愛されている幸福感がこみあげ、胸がいっぱいになる。

もはや、それを失うことは考えられなかった。

博や保のほうから仕掛けられた関係だったから、裕哉はそれを受け止めるだけで精一杯だった。だがそれは、いつしか自分にとってかけがえのないものに変化している。失うことなど考えられない。

それに、保や博ではない他人に触れられて初めて、二人以外からの行為は受け入れられないものだとわかった。頭ではなく身体が受け入れようとしない。触れられるだけで絶望と恐怖で全身がすくみ上がる。

「……すけて……っ」

裕哉の唇から、かすれた声が漏れた。

「ん？　何かな」

「……助け…て……！　助け…て、……保……！」

裕哉は力の限り叫ぶ。

本来なら自分がお兄ちゃんなんだから、弟に頼らずにしっかりしていたい。だが、これ以上早乙女に触れられるなんて我慢できなかった。一刻でも早くこの状況から逃れたくてならない。

悲しくて、苦しくて嫌で不安で、顔を涙でぐちゃぐちゃにしてしゃくりあげると、不意に助手席のドアが外側から開かれた。生温かな空気がいきなり流れこんでくる。そのまま車の外に引きずり出され、裕哉は誰かに強く抱きしめられた。

「裕兄。――大丈夫だから」

——保？

驚きのあまり硬直する裕哉は一度砂浜の上に座らされ、保がすぐさま車に戻っていく。車から引きずり出された早乙女を、保が物陰に連れていくのがわかった。

裕哉は大きく息をつく。身体が小刻みに震えたままで現実を把握するのは難しかったが、物陰から聞こえる悲鳴は早乙女のもののようだ。

続けて何台もの車が急ブレーキをかける音が聞こえ、そこからも誰かが下りてきて、あわてて物陰に駆け寄ってくるのがわかった。

「保くん！　もうそれくらいでいいから！」

早乙女と保を、見覚えのある男性スタッフたちが引き離していた。

まだ興奮が収まらないらしい保に、焦って裕哉は呼びかけた。

「たもつ……」

最初の声はかすれた声にしかならず、すぐに息を吸って言い直した。

「保……！」

その声に、暴れていた保が動きを止める。目が合ってから、裕哉は続けた。

「俺は、……大丈夫だから……！」

「だけど裕兄！　こいつは……！」

「大丈夫。だ……から……」

何でもないと言おうとしたのに、喋ってる途中に緊張の糸が切れ、ボロボロと涙があふれて止まらなくなった。

そんな自分に狼狽《ろうばい》し、あわてて腕で涙を拭《ぬぐ》おうとしたとき、近づいてきた保がその頭を胸元に抱えこんだ。強く裕哉を抱きしめながら、保が言った。

「裕兄……。遅くなってごめん」

その抱擁の温かさと確かさに、裕哉の涙は堰を切ったように止まらなくなる。涙だけではなく嗚咽《おえつ》までこみあげ、他のスタッフたちもいる場でこんな醜態をさらしたくないのに、保にしがみついたまま泣きじゃくるのが止められない。

そんな裕哉を保はあやすように抱きしめ、空いた車へ誘導してくれた。頭を撫でながら、優しい言葉をかけ続けてくれる。

何があったのかまともに説明することができないでいたが、発見された状況を見れば一目瞭然《りょうぜん》だったことだろう。

裕哉は保と一緒に別のレンタカーに乗せられ、ホテルまで送られた。事を重大視したロケの責任者が早乙女のことを上に報告し、帰国してからあらためて相談することになったようだ。

「大丈夫?」

車を降り、ロビーに入ったとき、保に気遣うように囁かれて、裕哉はうなずいた。その頃には、どうにか微笑むことができた。

「うん」

「コテージまで歩ける？」

「大丈夫だよ」

保に手を引かれながら、そこまでの長い道を二人で歩いていく。こんなふうに保と手をつなぐなんて久しぶりだった。しかも、昔とは立場が逆転している。

いっぱい泣いた後の虚脱した感覚があって、頭がボーッとしていた。保にたっぷり抱きしめられたというのに、胸の中が空っぽで、まだ恐怖が完全に消えないでいた。

コテージのドアをくぐり、大きく海沿いに窓が取られたリビングに入る。まだ日が沈むまでには時間があって、青い空や海が地平線まで広がっていた。

裕哉はハッとした。

「そういえば、おまえ、撮影――！」

「今日は早めに終わったんだ。だから、大丈夫。俺のカットに全てOKが出て、着替えてるときに携帯見て、裕兄からのメールが来てるのに気づいた。大急ぎで島に戻るためにボートを出してもらおうとホテルスタッフに交渉してたら、今日の分の撮影を終えた他のスタッフも寄ってきて、一緒に裕兄を捜すのを手伝ってくれることになったんだ。何故《なぜ》、裕兄を捜しているのか伝えなかったけど、早乙女の所行はそれなりに有名だったから、みんな薄々勘づいてたんじゃないかな」

そんなことになっていたのだとは知らなかった。

「よく、……場所がわかったな」

島はそれなりに広くて、車だと一周回るだけでも三、四時間ぐらいはかかるはずだ。

「博兄が裕兄の携帯はGPS携帯だから、どこにいても居場所が特定できるって言ってたのを思い出したんだよ。でも、具体的な方法はわからなかったから、居場所を特定するための方法を、東京に電話して教えてもらった」

「……そうか」

保の要領の良さに感謝する。あれより助けてもらえるのが遅れていたら、きっととんでもないことになっていたはずだ。

そう考えただけで、冷たい戦慄《せんりつ》が背筋を走り抜ける。目に映る景色は本当に綺麗なのに、それだけでは胸の空虚さが消えない。さっきまでの保の腕のぬくもりを思い出し、もう一度抱きしめられたくてたまらない。

「早乙女さんに……ロケハン付き合ってくれって言われて、……断り切れなかったんだ。保が芸能界でやっていくためには、才能だけじゃなくって運も必要だって言われて」

「それで抱かれようって思ったってわけ？」

保の声が尖る。

そんな弟を、裕哉はあわててなだめた。

「違う！　あいつはそう言ったんだけど、そんなのは違うって俺は思ったんだ。保はすごく格好良くて、キラキラしてた。保は本物だ。きっとこんな汚い手を使わなくてもやっていけるって思って、……断ろうとしたんだけど、いきなり押し倒されて」

「どこまでされた……？」

保の押し殺した声と鋭い眼差しには、少しの嘘も許さないほどの迫力があった。

博ほどには裕哉への執着を見せない保だが、普段抑えつけられているものがこんなときには一気に噴出しているようだ。その眼差しに射すくめられると、鼓動が乱れていく。

「そんな、……されてない。ちょっと触られて、キスされただけ。でも、ずっと歯を食いしばってたし。……すぐに、保が来てくれたから。……ほら、助けられたときには、服だってちゃんと着てただろ」

「少し乱れていたけどな。しっかり確認しようか。まずは、全部脱いでくれる？」

その言葉に裕哉は息を呑んだ。

恥ずかしい。だけど、保に自分が早乙女にされていないということをわかってほしい。そのためには、隠さずに見せなければいけないとわかっていた。

兄弟なのに、保の前で服を脱ぐと思っただけで、全身が熱くなる。互いの身体が性的な欲望を煽ることを知っているからかもしれない。

「早乙女……さんに触られて、……わかったことがあるんだ」

裕哉はシャツの裾をぎゅっと握りしめながら言った。緊張に耐えきれず、裕哉はぎゅっと目を閉じる。

「何？」

「……保や、……兄ちゃんに触られるときとは、……全然違ってた。早乙女に触られるのは、……嫌なだけだった。……ドキドキしなかった」

「俺たちに触れられると、ドキドキするの？」

保の声が、少しだけ柔らかくなる。

保がソファに座った裕哉の正面に立ち、温かな手を心臓の上のあたりに乗せてきた。服越しに大きな手の感触を感じ取って、裕哉の身体はびくりと震えた。

「する。……今も。わかるだろ」

「わかるような、……わかんないような」

探るようにてのひらを動かされると、その下にある乳首が擦れて、ゾクゾクと刺激を送ってくる。そこに少しずつ芯《しん》が通っていくことに気づいたのか、保の手がその小さな粒を擦るような動きに変わっていく。

早乙女にされたときとは全然違う甘さがあった。

――安心する。……それは、……好き……だから？

兄弟としての『好き』と、男女のような『好き』との違いが、ずっとわからないでいた。だが、いつの間にか自分の『好き』は、兄弟のものから別の『好き』に変わっていたのだろうか。

保や博に触れられると気持ちがいいし、もっときつく抱きしめて欲しいと願う。保や博とは別れたくないし、ずっと一緒にいたい。それは、兄弟だからという理由だけではないような気がする。

「乳首には触れられなかったの？」

その質問に、裕哉は記憶を探った。

「少し、触られたかも」

あのときにはパニックに陥っていて、どこにどう触れられたのかまでまともに認識している余裕がなかった。

「指でだけ？　吸われたり、嚙まれたりした？」

しつこく質問されてもわからなくて、裕哉は首を振る。だけど、保が服をまくり上げ、その小さな粒を指先でなぞるたびに、身体の芯までジンと痺れていく。そこをもっと保の手で刺激されることを身体が求めていた。

保にしつこく詮索《せんさく》されるのは苦しかったが、同時に大切に思われているという認識を与えてくれる。早乙女にいじられた乳首が、その記憶を別のもので塗りつぶしてもらいたいと訴えてきた。

「口では……されてない。……指で、……ちょっと触られただけ。……たぶん」

「そう」

保の手がそこから離れそうになったとき、裕哉は思わずねだった。

「……保……」

「何？」

「ちゅうして、……そこ。もっとして。……ちゅう……して」

早乙女の記憶など思い出すことができないぐらい、保から与えられる感触で上書きして欲しい。

その思いで口走った途端、保の唇がそこに落ちた。

「っぁあ！」

いきなり強く吸い上げられて、背筋がビクンと反り返る。

なかなか唇は離されず、きつく吸い上げた後には生温かな舌先がぬるりとそこを襲った。硬い乳首を舌先で丹念に舐めずられ、甘い刺激が性器まで次々と流れこむ。

保は一度きりではなく、嫌というほど乳首を吸い上げてきた。吸われた後は尖った乳首を舌先で胸板に押しこむようにされ、その感触にも腰に電流が走るように感じる。

「っつ……っ、ん、ん……っん……」

裕哉の反応を眺めながら、保は巧みに乳首を舌先で転がした。

保の舌が蠢くたびに、乳首からの甘ったるい痺れが下肢へと伝い落ちていく。その熱はペニスに流れこみ、服の下でそこも熱くなっていくのがわかった。身じろぎしようとしてもソファに押さえこまれていると動けず、乳首をひたすら責められる。

「っぁ、……っふ、ふ……っ」

反対側の乳首も人差し指の腹で柔らかく撫でられ、裕哉はあごを浮かせた。

抜け駆けはしないという博との約束がある。このまま流されてはいけないとわかっているはずなのに、保の唇や指先があまりにも心地良いものだから、その快感を遮断できない。指先で撫でられるたびに柔らかかった乳首に芯が通り、ほどよいところで人差し指と親指でつまみ上げられると、ぞくぞくと快感が背筋を伝っていくのがわかった。つまみ出した乳首を指の間で擦るようにされると、吸われる刺激と相まって、頭が溶けそうな快感が全身に襲いかかる。

だけど、どうにかこの辺で止めさせなければならなかった。裕哉は乱れる息の元で声を押し出す。

「も…、いい、…ッ…保。……抜け駆けは……しないって……兄ちゃんと……」

あまりにショッキングな出来事があって自分から求めてしまったが、このままでは良くない。

だが、保は乳首から顔を離して、裕哉を危険な目で見下ろしてきた。

「もう止められない。わかるだろ?」

裕哉の身体も保を欲しがっていた。だが、その欲望に従ったら、博が怒る。あの兄が裏切りを知ったら何をするだろうかと考えただけでも怖いのに、保はまた乳首へと唇を寄せていく。

「……っ、……ダメだって……」

「ダメじゃない。裕兄から誘ったんだよ。今夜だけは博兄のことは忘れて、俺だけのものになって」

その言葉とともに、乳首にカリッと歯を立てられた。

その痛みに、保のもどかしさがこめられているような気がした。不意に泣きそうになって目を閉じると、両方の乳首に与えられる感覚をより鮮明に感じる。片方を唇で吸い上げられながら、もう片方を爪《つめ》を立てるようにしてコリコリと弄《もてあそ》ばれている。

舌と唇がもたらす柔らかな愛撫と、爪による硬質の刺激というそれぞれに違う愛撫が、裕哉の身体を熱く疼かせた。

すでにペニスが半勃《だ》ちになっていて、そこにも手を触れて欲しくてたまらないほどだ。

——どうしよう……。

ダメだとわかっている。なのに、拒もうと思えば思うほど裕哉の身体は熱くなる。禁忌が逆に感覚を研ぎ澄ませ、身体の芯まで熱がこもる。一度火がつくと、収まらなくなる身体だった。

「保、……も、いいから……やめ……っ」

それでも拒もうとしたのに、保の手が裕哉の腰を抱きしめながら、ソファから床に下ろした。

ハーフパンツをずるりと下着ごと引き下げられて、太腿の半ばまでが露出される。半勃ちのそこが外気にさらされただけで、どくんと脈打ってさらに勃ちあがるのがわかった。保の手が根元からなぞり上げるたびに、硬く熱く育っていく。

「裕兄の悦《よ》いところは、全部知ってる」

耳朶に吹きこむように囁かれた。

どうにか服を引き上げようとあがいたが、保は裕哉の足の間に屈《かが》みこみ、裕哉の足を片方固定しながら性器の先に口づける。

敏感すぎるカリ先でぬるりと舌が蠢いただけで、ビクンと全身が反り返った。

「っやめ……っ」

漏れる声は、すでに甘く上擦っていた。

保の舌先は裕哉の感じるところをなぞりながら、根元まで下りていく。舌が触れるたびに、ぞくぞくと電流が走る。裏筋を何度も舌で往復されてどうにもならないほどにそこを硬くした後で、保は敏感な尿道口のあたりを執拗《しつよう》に責め始めた。

さらに残る手で根元から先端までもしごきあげられる。

「っつ、……ダメ……だ……っ」

裕哉は手を伸ばして、保の髪をつかんだ。

博を裏切ることはできない。

そのとき、保の唇が先端から裕哉の性器を呑みこんだ。全体を口の中で包みこまれ、唾液をからめてジュッと吸い上げられた途端、あまりの気持ち良さに腰が跳ね上がった。

「ン、……っぁ、あ……っ」

頬で吸い上げるように圧迫されただけで、ぞくぞくと快感が全身を走った。

感じる部分に舌を押しつけながら唇を上下されると、頭の芯が痺れたようになって何も考えられなくなった。保の口の中で裕哉の性器が一段と硬く大きくふくれあがり、淫らな欲望がマグマのように全身を駆け巡る。

「つぁ、……っぁ、あ……ッン……っ」

口で裕哉を犯しながら、保の手は器用に動いて中途半端に下げられていたハーフパンツを足首から抜いた。右足を肩に担ぎあげられ、足の狭間を保の手がなぞる。括約筋の縁に指先を引っかけられ、ぎゅっと引っ張られた。

「っぁあ！」

そこにそんな刺激をされたのは初めてで、驚きに身体がビクンとすくみ上がる。快楽に支配されて昂《たか》ぶっていた頭が、少しだけ現実に引き戻された。だがそれは、沸騰したお湯に少しの水を注《さ》すようなものでしかない。

たっぷり裕哉に快感を口で与えながらも、悪戯《いたずら》な保の指先はさらにその縁を引っ張った。

「……っふ」

括約筋しか刺激されてはいない。だが、その動きが後孔内の熱さと疼きをより意識させる。

そこは単なる排泄《はいせつ》孔ではなく、保や博によって性器として使われていた。中をたっぷり指先で掻き回される感覚を思い描いただけで、奥のほうまでざわついた。

「ここ、……欲しい？」

保は爆発寸前に昂ぶった性器を口から出し、なおも先端にチロチロ舌を這わせながら囁く。

「欲しかったら、指をねだってみて。それとも、いきなり大きいものをくわえこみたい？」

先端にぷくっと蜜が浮かびあがると、すかさず保の唇がすすり上げる。

その感触にびくっと腰を揺らすと、今度は性器には触れずに毛の生えたあたりを唇で柔らかくなぞられた。後孔から手を離されて袋を揉《も》みしだかれると、これ以上の焦《じ》らしに耐えられなくなってくる。

刺激を与えられるたびに性器が脈打ち、後孔がヒクリと閉じる。中が痒《かゆ》く疼いて、快感に支配される。

「……ッ指、………入れ……」

口にするなり、保の指が下から体内にもぐりこんできた。疼きまくっていたそこを貫かれ、ぐりっと襞を掻き回すようにされただけで、あまりの気持ち良さに腰が跳ね上がる。さらに指を二本に増やされて、慣れた動きで熱く溶けていた襞を刺激されると、待ち詫《わ》びた刺激にひくひくと襞がからみついていくのがわかった。

「っん」

片方だけではなく、両方の足を折って腿を抱え直され、二本合わせた指で抜き差しされるたびに甘ったるい痺れが腰全体に広がっていく。たまらない快感に、襞がきゅうきゅうと締まった。

「っん、……っぁああ、あ……っ！」

その快感に意識が巻きこまれ、目の前が真っ白くスパークする。

我慢することもかなわずに裕哉は痙攣《けいれん》しながら指を締めつけ、腰を前後に揺らしながらたっぷり放っていた。

「あ、……は、……ぁは、……っ」

「早いね。今日は指だけでイっちゃったんだ」

荒々しく呼吸する裕哉を優しく見下ろしながら、保はなおも余韻にひくつく襞から指を抜かない。敏感になったところを掻き回され、より欲しくなったときにずるりと指を抜き取られて、裕哉は濡れた声を漏らした。

だが、保はそこに自分の猛ったものを押し当てる。

その目でじっと裕哉を見つめながら、低く囁いた。

「裕兄を、……俺のものにするよ」

答えを待つように間を置かれたが、裕哉は何も発することができなかった。だが、かすかにうなずいたのかもしれない。

裕哉はその張り詰めた先端で、串刺しにされていく。

普段ならもっと掻き回されないときつくて受け入れることは困難だったが、射精直後の襞は柔らかく敏感になっていて、襞をこじ開けて入ってくる保のものをいっぱいに伸びて受け止める。

ぬぷぬぷと柔らかい中を、奥までみっしりにされる感覚に裕哉はうめいた。

呼吸をするたびに、身体が保で埋めつくされているのを思い知らされる。かすかに動かされただけで、襞がその感触を快感に変えてびくんと腹筋が震える。敏感すぎる中に押しこまれた性器はひどく熱く硬く感じられて、これからたっぷり動かされることを想像しただけで怖くなる。

だがそれに灼かれて身体の芯が熱くなり、欲しがるようにひくりと襞が震えた。

「っぁ！」

ずっと襞を擦りながらその大きなものが抜かれていく。ひどく感じやすくなった襞が、総毛立つような感覚をもたらしてくる。

「っや、……っぁ、あ、……っ」

入口から奥まで一気に刺激されるのがきつくて、これ以上の刺激を拒むように身体に強く力がこもった。だが、締めつけても保の動きを止められるはずもなく、むしろ襞を擦りあげられる刺激が増幅されて身体がのけぞった。

入口近くまで抜き取られ、体内にあった圧迫感が消えて軽く息を吐いた。だが間髪入れずに、元の位置まで戻ってくる。

「ぁあ！」

圧倒的な快感に身体が跳ね、抜き差しのたびに快感が津波のように押し寄せてきた。襞全体が、痺れるような熱を帯びる。

逃げようとあがく裕哉の腰を抱えこみ、保はからみつく襞に逆らって逞しく腰を送りこんだ。

「っぁ、……っぁ、あ、……ッン、……っふ、あ……っ」

中が敏感になりすぎているせいか、それとも実際にそうなのか、今感じる保のものは普段よりも大きく、カリ先が張っているように感じられた。そのカリで深くまでえぐられ、抜き出されるのをまざまざと思い知らされる。

「っぁ、あ……っぁ、あ……っふ、ふ……っ」

辛かったが、それ以上の快感があった。保の与えるリズムに合わせて、全身が揺れる。

気持ち良さはどんどん高まるばかりで、裕哉はどうしていいのかわからずに上体をのけぞらせた。ねだっているつもりはなかったのに、いじりやすくなった乳首に保が指を伸ばし、動きに合わせて引っ張ってくる。

「っふあ、あ」

ぞくっと体内に複雑な快感が混ざりこんだ。

気持ち良さとともに襞が柔らかく開いていくのにつれて、保の動きが激しさを増す。受け止めきれなくなるほど速くなる動きを、裕哉はただ受け止めるだけで精一杯だった。

「ン、ゆう……っ、兄……」

保の声に、裕哉はふっと現実に引き戻された。

涙で潤んで焦点が合わない視界の中心に、保の男っぽい顔がある。

目が合うと、動きを止められて唇を奪われた。汗ばんだ保の肌や身体の重み、その鼓動の乱れまで全身で感じ取る。からめられた舌の根が火傷《やけど》しそうに熱く感じられて、裕哉は不意に泣きたくなるような切なさを覚えた。

――好き……。

保が自分の身体で感じているのが嬉しい。

腰から下が溶け合って、二人で一つのものになったようだ。

こんなふうに求められ、愛されることにたまらない幸せを覚えた。もっと自分の中に、消えないほどの痕跡《こんせき》を刻みこんで欲しい。

だけど、ここに博がいないことが気になっていた。裏切っている思いが消えず、やはりどちらかを選べないのだと知る。

その痛みを忘れるために、裕哉は目の前の保にすがった。

「たもつ」

名を呼ぶと、保が裕哉の唇をむさぼりながら腰の動きを再開させた。

感じるところに保の切っ先が触れていて、ビクッと腰が跳ねようが何だろうが、同じところを嫌というほど刺激され続ける。

「つぁ、……っぁ、あ……っ！」

苦痛と快楽が混じり合った快感に、まともな思考力は押し流され、後はひたすらあえぐことしかできなくなる。

そんな裕哉の身体を、保のものがたっぷりと嬲《なぶ》った。達しそうになると動きを弱められ、物足りなくなるとまた深くまで送りこまれる。それを何度も繰り返され、より深まる快感にこれ以上は限界だと思ったとき、保のものがとどめを刺すような動きに変わった。

「っふ……っ！」

最後に激しくえぐりこまれ、体奥にのめりこむ先端からの痛み混じりの悦楽に、頭のてっぺんから足の先まで硬直する。

びくびくっと痙攣しながら、裕哉は放った。腰が溶けるような感覚に溺《おぼ》れた裕哉の中に、保の熱いものが注ぎこまれた。

——溶け……る……。

裕哉は目を閉じ、その感覚を精一杯感じ取ろうとしていた。

あまりの快感に、まぶたが小刻みに震えていた。注ぎこまれたものに身体の芯が灼け、自分の中にあった冷たいものがその熱さに全て染め変えられていく。

これで、何もかも忘れられる。

早乙女にされたことなど、全部。

だけど、心のどこかに博の存在が引っかかったままだ。


成田空港《なりたくうこう》への到着が近づいてくるにつれて、裕哉は落ち着かなくなる。

二泊三日の撮影を終え、保とともに日本に戻ってくるところだった。すでに早乙女の悪事は東京にある『ブリリアント』本社に伝えられ、早乙女はロケ責任者とともに一足先に帰国していた。戻るなり、保が裕哉の代わりに、『ブリリアント』本社に向かい、社長相手に交渉することになっているらしい。裕哉も行くと言ったのだが、やんわりと断られた。

以前から早乙女にはいろいろと良くない噂《うわさ》があり、これを機に一気に噴出しているそうだ。

保は自分の所属するモデル事務所から弁護士を紹介してもらい、早乙女が業界から追放されなかったら、訴えるのも辞さないという構えでいるようだ。『ブリリアント』側はひたすら謝罪の意を見せており、早乙女は広告宣伝部から外れることがすでに決まっている。さらに今日、保が話を詰めるようだ。

早乙女の件にからんで、保が業界内でどんな立場になるのか心配だったが、裕哉にはもう一つ気がかりなことがあった。

兄の博のことだ。

何もないふりをするのは難しそうだと考えてはいたが、すでにあの夜から危険な兆候があった。

夕食の時間も忘れて保と抱き合った後、気絶同然に眠りに落ちた裕哉が真夜中にふと目覚めてトイレに行ったとき、携帯がチカチカ光っていたのだ。

それを確認したところ、博からの着信が五十件近く入っていた。しかもメールも入っていて、すぐに連絡を寄越《よこ》せと送られている。

――兄ちゃん……。

ここから兄までは遠く隔たれている。博はどうして裕哉に災難が降りかかったことを知ったのだろうか。

リビングで座りこんでいると、裕哉が目覚めた気配で同じく目を覚ましたのか、保がやってきた。薄暗い中で呆然《ぼうぜん》としている裕哉に、不思議そうに声をかけてくる。

『どーした？』

『これ、……兄ちゃんから』

携帯を差し出すと、保はそれを受け取ってしばらく眺めてから、深々とため息をついた。

『失敗したな。……博兄に裕兄の居場所を確認するために、GPSをどう使ったらいいのか、電話して聞いたんだ。裕哉が妙な男に襲われてピンチだということまで言ってはいないはずだけど、そのときの俺の態度を何か不審に思ったんじゃないかな。……あいつは、裕兄に関する勘だけは異様にいいから』

『どうしよう。……今日のこと』

早乙女のことはともかく、保と抜け駆けしたことを知ったら兄は怒るだろうし、悲しむだろう。してしまったことはすでに取り繕いようがない。隠しておいたほうがいいのか、正直に伝えたらいいのか悩む。

答えが出ないでいると、保が内緒めかせた声で言った。

『言わなければいい。今夜のことは、裕兄と俺だけの秘密。博兄が知ったら、ろくでもない報復をしようと企《たくら》んだりして、何もいいことなんてない』

『そう……だよね……』

博を傷つけるだけではなく、報復されるのが怖かった。兄は抜け駆けされて、泣き寝入りするタイプではない。裕哉にならともかく、その怒りが保に向けられたら何をされるかわからない。

だが、すぐに電話をしろとメールが来ている。日本は今、何時だろうか。

『何て言えばいいかな？』

口裏を合わせておく必要があるだろうか。相談すると、保は笑って五十件近い着信のある携帯を受け取った。

『俺が適当に答えとく。……おっと』

言ってるそばから、携帯が鳴り出した。

保が通話ボタンを押して耳に押し当てる。博からだったようだ。保が巧みにその追及をかわしているのが聞こえてきた。

『……ん？ ……そう、寝てた。昼間ね。……うん、裕哉がボート乗って、行方がわかんなくなっちゃったんだよ。そう。……おかげで、すぐにわかった。……裕哉は寝てるよ。昼間にシュノーケルして、泳ぎ疲れて寝ちゃってる。少し日焼けした。……うん、ああ。わかった。起きたら、伝えておくから』

保のおかげで電話での追及は免れることができたものの、実際に博と顔を合わせたときにどこまでごまかせるものだろうか。

翌朝はバタバタしていて、保に相談しようにもその時間がなかった。飛行機の中で相談するしかないと思ったが、すぐに保は気持ち良さそうに眠ってしまう。起こせずにいるうちに、飛行機は無情にも成田空港に到着した。

だったら、帰りのスカイライナー内で相談しようと思っていたのだが、預けたスーツケースを受け取って税関を抜け、保と連れだって到着ロビーに出たところ、すぐに声をかけられた。

「裕哉！」

ビックリして、裕哉はスーツケースを引きながら周囲を見回す。

送迎の人が大勢出迎えに来ている柵《さく》の向こうに、博の姿が見えた。到着は平日の午後三時だから、仕事中の兄は迎えには来られないはずだ。

「何で……」

呆然とする。

保もすぐに博に気づいたようだった。他の人もいるから通路で立ち止まることはできず、そのまま進むとスーツにコートを重ねた博が近づいてきて、裕哉の手からスーツケースを奪い取った。

「飛行機は遅れずに到着したようだな。長時間のフライトで疲れただろう。迎えに来た。車で来てるから……」

不自然に思えるほどにこやかな笑顔で、保と裕哉を先導して駐車場に向かおうとする。

仕事があるにも関わらず、兄がこうして迎えにやってきたなんて何か含みがあるように思えてならない。あやしんでいるとしたら、やはり早乙女の一件とその夜のことについてだろう。

保に助けを求めようにも、申し訳なさそうに言われた。

「悪いけど、俺、このまま事務所に直行が決まってるんだ。話し合いがあるって言ってただろ。それが済んだら、急いで家に帰るから」

保は続けて出てきた撮影スタッフとにこやかに挨拶をしている博を横目で眺めながら、裕哉の耳元で低く囁いた。

「気をつけろよ。何か絶対企んでる」

「……うん」

それは裕哉も同じ気持ちだった。

保が一緒に帰らないと知って、博の笑顔は完璧なものになった。普段は保への親切心のカケラもないくせに、保のスーツケースも一緒に持って帰ってやると言い出して、博は大きなカートに荷物を二つ積みこむ。

裕哉は兄とともに仕方なく帰宅することとなり、保やお世話になったスタッフと別れて、十分ほど離れた駐車場までカートを押す兄の後ろを歩く。旅での様子を聞かれ、いろいろと話した。

荷物を積んで車を駐車場から出し、高速に乗って家に帰るまでの間も、兄のにこやかな態度は変わらない。

自宅に帰ってリビングでお土産を差し出し、撮影のときに保がどれだけ格好よかったかを一通り話した後もその笑顔は崩れなかった。

全部報告を聞き終わってから、博は言った。

「なるほど。では、そろそろ旅の疲れも流したいころだろう。風呂が沸いているから、入っておいで」

「……うん」

その頃には、裕哉の警戒心はかなり薄れていた。空港で見た博の笑顔が怖くてならなかったのだが、それは自分の後ろめたさによってそう感じたに過ぎない。この分では、何も気づかれていないに違いない。

立ち上がって脱衣所に向かおうとしたが、その行く手を博がふさいだ。

「だが、風呂に行く前にここで服を全部脱いでいってもらおうか」

「何でだよ！」

ドキッと鼓動が跳ね上がる。目の前で服を脱げなんて、保が昨日言ったのと一緒だ。

兄は何を企んでいるのだろうか。

「——私が何も気づいてないと思ってるのか？」

博がそう言って、眼鏡のフレームを指先で押さえた。にこやかな表情はその整った顔から痕跡も残さずに消え失《う》せており、目つきが鋭い。

何もかも見抜かれていたような恐怖が背筋を伝ったが、まだ何も知られてはいないはずだと必死に自分に言い聞かせた。

「何もしてないよ」

「だが、旅行中に胸騒ぎがした。保と二人で南の島に行くことになっても、決して抜け駆けしないと私の前で誓ったな。何もしていないのなら、何も隠すことはないはずだ。調べるから、服を脱げ」

だが、脱ぐわけにはいかなかった。肌に、早乙女のつけた鬱血《うっけつ》の跡が残っている。それを消そうと保が上から強く吸い上げたから、首筋や胸元にその跡がいくつも残っているのだ。

兄からの電話を保がごまかしてくれたはずだが、兄はやはり納得していなかったのだろうか。

黙りこくる裕哉の前で、博は小さく息を吐き出した。

「おまえたちが南の島に行っている最中、保から焦った声で俺に電話があった。GPSで裕哉の居場所を特定するためには、どうしたらいいのかと聞いてきたんだ。その後、裕哉が迷子になっただけだとごまかしたが、どうにも俺の勘がそれは嘘だと囁いている。だからこそ、おまえたちを空港まで迎えに行ったんだ。不意打ちを食らわすと、人は素の表情を見せる。おまえは俺を見るなり、気まずそうに視線をそらせた。保も同様。あいつは舌打ちまでしてみせた。それで決まりだ」

「なんでだよ！」

博は確信を持っているようだが、それで言いくるめられるわけにはいかない。だが、脱いだらおしまいなだけに、どこまで否定すべきか困った。

博はどこか寂しそうに微笑んだ。

「裕哉のことは何でも知ってる。何か兄ちゃんに隠し事をしたり、気まずいことがあったときには、いつも同じ顔をする」

その言葉に罪悪感が募った。

些細《ささい》な表情の変化までわかるほど、兄がいつでも自分のことを見守ってくれたという言葉には何より説得力がある。

だがそんな兄だからこそ、保と抜け駆けしたことを言ったら何が起きるかわからない。あんなふうに、保と秘密の関係を持つつもりはなかった。だけど、早乙女に触れられたあのときだけは、保に抱かれずにはいられないほど、不安と恐怖で一杯だったのだ。

博はしばらく裕哉を見つめて、眼鏡の奥の目をすっと細めた。

「素直に話せないんだったら、話せるようにするしかないね。どういう意味かわかるか？」

わからない。

わかりたくない。

だがその直後、裕哉はその意味を嫌というほど身体で思い知らされることになるのだった。


「……っん、……っぁ、……っあ」

身体の内側から、ずっとバイブの音が漏れ聞こえている。

また新たな熱がぶり返してきて、裕哉はあごをのけぞらせてあえいだ。

博の部屋のベッドに転がされ、足首から膝まで両足を揃えて一本にするようにぐるぐると柔らかな紐《ひも》で縛られている。その身体の奥には、高性能のバイブがずっと詰めこまれたままだ。何度も腹筋に力を入れてそれを押し出そうとしてみたのだが、どう固定されているのかびくともしなかった。

感じるたびに、裕哉はシーツに顔を埋めてのたうつしかない。両手も背中で縛られて、胸には奇妙な道具が取りつけられている。

硬くて太くて弾力のあるバイブが、裕哉の体内でずっと暴れ続けていた。ただ振動するだけのときと、先端をぐるぐる回転させるようにする動きとが自動で切り替わり、どちらの動きにも慣れることはできずにひたすら悶《もだ》えつづけることになる。

「っひ、ぁ、ぁあ、……っあ……ぁうぅ……」

入口のあたりも内側からでこぼこしたパールで刺激され続けていた。その奇妙な感覚に耐えられず、必死で腰を振ったことで、前立腺にまともにあたる位置までバイブが押しこまれたらしい。

「ぁあ！」

感じるところをぐりぐりと乱暴にえぐられて、悲鳴のような声が漏れた。

背筋を電流が伝い、全身が鳥肌立ち、口が開きっぱなしになる。どうにか最初の刺激を受け流すことができたと思いきや、また回転するたびにそこをえぐられて、裕哉は耐え続けにあえぐしかなくなる。感じすぎて痙攣しながらも、必死でそこからバイブをずらそうとしていた。それでも、望むほど位置はずれず、感じすぎる部分をひたすら掻き回されてから、バイブはようやく振動するだけの動きに変わった。裕哉はしばしの間もたらされた休憩に、ベッドに頬を押しつけ、短く速い呼吸を繰り返した。

「っは、……ぁ、はぁ、……っあ……」

いつの間にかうつ伏せになっていた。寝かされたときは、綺麗に整っていた博のベッドのシーツはぐちゃぐちゃに乱れ、裕哉の唾液や体液がところどころで染みを作っている。

室内には誰もいない。

博は裕哉の身体に躊躇《ちゅうちょ》なくバイブを押しこみ、中から押し出せないように全身を縛りつけると部屋から出て行ってしまったのだ。

冷ややかに言い残して。

『南の島で何があったのか、素直に話せるようになるまで、ここで我慢していろ』

あれから、どれくらいが経《た》ったのだろうか。

全身が熱く、汗が噴き出していた。

すでに頭の中が白くかすんで、まともに考え続けることができない。

バイブは弱めに設定されていて、最初はもどかしいぐらいだった。だが少しずつ動きが強くなるような気がするのは、そのように設定されているのか、それとも裕哉の身体がその刺激に敏感になってきたせいかわからなかった。

またぐりゅん、ぐにゅんと襞を掻き混ぜる動きが再開されて、裕哉は歯を食いしばった。一回転するたびに辛いから必死で締めつけてしまうのに、どんなに腹筋や括約筋に力をこめてもその力強い動きは止められず、力を入れ続けることすら困難になっていた。

「っぁ、……っあ、ああ、あ……っ」

感じすぎる。

奥のほうまでその先端は届き、襞全体を摩擦して裕哉を責め立てる。ペニスが硬く勃ちあがり、それをベッドに押しつけるような淫らな動きをせずにはいられなかった。だが、不自然な拘束が裕哉の障害となり、煽られるだけ煽られた後でいきなり動きは止まる。

「は……」

裕哉はビクンと震えてから、熱くなった息を吐き出した。

息を整えることしかできないほど、身体の力が抜けきっていた。あと少しの刺激があれば達することができたはずなのに、それを奪われた苦しさをどうにもできずに空しく襞がバイブを締めつける。

焦れったさに身体が疼いてたまらなくなったとき、胸に取りつけられた奇妙な器具が初めて動き出した。

「っん、……何……っ」

とまどいに裕哉は声を上げる。

裕哉の小さな乳首にぺたっと貼《は》り付けられたのは、濡れたシリコンのような柔らかなパットだった。

スイッチが入るなり、その部分の空気が吸いこまれて乳首も吸い上げられる。

きゅん、と痛みに似た快感が走った途端、そこに空気が送りこまれて乳首が解放された。だが、また空気が吸い上げられ、乳首が吸い上げられていく。

何か冷たい柔らかな唇に吸われているような感覚が送りこまれるたびに、裕哉の身体にはどうしても力が入った。それとともに、体内で振動し続けるバイブの形もありありと思い知らされる。

「っ……ぁ、……っぁ、あ……っ」

乳首を両方ともちゅうちゅう吸い上げられる感覚に震えていると、さらに体内のものがぐるんぐるんと中を掻き回してきた。

「っひ、あ！」

予期せずに動きをまともに受け止めて脳天まで快楽が走り、さらに続く動きで前立腺を擦りあげられ、濡れた悲鳴が唇から漏れた。

「っひ！　……っぁ、……っあ、……ん、兄ちゃ……っ！」

下肢のあたりで快感がふくれあがり、性器の先から快楽が迸《ほとばし》った。涎《よだれ》をあふれさせながら、裕哉は最後までたっぷり吐き出す。

達してしまったことで身体から力が抜けたが、射精直後の敏感になりきった襞をさらに容赦なく掻き回され続けて、続けざまにペニスの先から白濁があふれた。

「っぁ、……っぁあ、あ……っ」

だが。射精する最中にさらにバイブの振動が強まる。息もできないような悦楽とともに、裕哉はまた達した。

「つぁ、ぁああ……っ、うく、う、うぁ」

恐ろしいのは、どんなに感じていても中の動きが止まることがないことだ。かすかな刺激でも辛いのに、容赦なく掻き回され続けて、絶頂感が収まらなくなる。

下肢の痙攣が止まらなくなって襞がバイブにからみつき、ガクガクと震えながら立て続けに次の絶頂に達していた。

「っや、……っぁ、あ……っぁ……」

何回達したのかわからない。

胸に接続された器具から乳首を吸われる快感が送りこまれて、その悦楽をより深いものにさせた。頭が飛んだようになっていて、開きっぱなしになった口から唾液があふれる。

「っぁ、あ、あ……っ」

バイブがヘッドを振るたびに軽く達しているような状態になって、精液が垂れ流しになる。このままでは死ぬかもしれないと思ったとき、中の動きが切り替わった。

裕哉は激しすぎる絶頂感から投げ出され、ぐったりと全身の力を抜いた。イきすぎて、目の前がチカチカする。だが、余韻はなかなか消えず、全身が小刻みに震え、襞がひくりひくりと蠕動《ぜんどう》し続けている。

身体が完全に落ち着くよりも前に、バイブが中で淫らに動き始めた。

「っぁ、……っぁああ、あ……っぁ……っ」

自分が自分でなくなるほど快感に溺れきる前に、裕哉は懸命に反応をセーブしようとする。先ほどのようなことになったら、今度こそおかしくなってしまうかもしれない。だが、ぐちゃぐちゃに溶けた襞を弾力のあるシリコンで掻き回されるたびに快楽は否応《いやおう》なしに増幅し、裕哉は背中で両手をぎゅっと握りしめた。

「っふ」

感じるところをえぐられるたびに、裕哉の身体はベッドの上で跳ね上がり、脳髄が溶けそうなほどの悦楽が送りこまれてくる。抵抗しようとしていた意思が体内のバイブの動きによって突き崩され、さらに回転するだけではなく、見えない手でぐっ、ぐっとバイブを出し入れされているような複雑な動きが加わるにいたっては、これ以上我慢できるものではなかった。下腹で睾丸がせり上がり、快感が一気に爆発しそうになる。

「っぁあ、あ……っ」

あと次の動きがくわわれば、絶頂に達していただろうというその瞬間、不意にバイブの刺激が途切れた。

頭の中が真っ白になる。裕哉の身体の身じろぎも、バイブが止まったのに合わせて五秒ほど停止する。

「……っく……ぅ！」

だが、高められた身体は失った刺激を求めてのたうたずにはいられなかった。腰が欲しがるように左右に振られ、中の刺激を受け取ろうと襞が蠢く。

それでもバイブは完全に停止していて、そのシリコンが襞に擦れる刺激だけでは物足りない。自分で腰を振るだけでは快感が維持されるだけで、絶頂には駆け上れそうもない。

「ふ、……は、……ッは……」

その苦しさに、裕哉は生理的な涙をあふれさせた。火照る襞が物欲しげにバイブにからみついていたが、深呼吸をして身体を落ち着かせようとする。

何とかその熱をしずめられたと思った瞬間、残酷にもまたバイブが蠢きだした。

「っぁ、……っぁ、あ……っ」

今度は最初から昂っていた身体は、バイブを嬉しそうにくわえこんでひくつき始めた。弾力のある先端が複雑な動きで奥のほうをえぐるたびに、波にさらわれたように頭が真っ白になり、乳首も誰かに吸われているようなぞくぞくとした痺れがつきまとう。

バイブに掻き回されるたびにそれに合わせて腰が揺られ、パンパンにふくれあがったペニスを物欲しげにベッドに擦りつけてしまう。その頃になると、バイブでは届かない奥のほうにひどく疼く部分があるような感覚がつきまとうようになった。

下肢から切ないような快感が押し寄せ、その渦に何もかも委《ゆだ》ねようとしたとき、また唐突に刺激は途切れた。

「……ッン！」

ひく、と腰が揺れる。

次の刺激を求めて、襞がきつくバイブを締めつけ、腰が淫らに左右に振られる。だが、続く動きはない。

「っや、……っぁ、あ、あ……っ」

どうしてこんな大事なところで刺激が消えてしまうのか理解できなくて、裕哉は汗まみれの裸体をのたうたせた。

頭の中で腰をしっかり誰かにつかまれて、ずんずんえぐられているときの苦しくて気持ちがいいあの感覚を思い描いていた。それが欲しくてたまらないのに、バイブは襞にしっかりと食いこんでいるだけで、欲しい刺激を与えてくれない。

全身に力がこもって、抜けた。身体の芯を疼かせる熱はもはや冷めそうにない。

「ん、……兄ちゃん……っ、や、……ッ保……っ…ぁ、……っ」

こんな状態の自分に欲しいものを与えてくれるのは、その二人だけだ。裕哉は忘我の淵《ふち》で名を呼んだ。いやいやをするように、顔を左右に振る。

もどかしさに、身体の動きが止められない。ペニスをシーツに押しつけながら、バイブを締めつけている部分に力を入れたり抜いたりを繰り返す。それでも、欲しい刺激には届かない。

「兄ちゃん……っ」

うわごとのように名を呼びながら新たな涙をあふれさせたとき、不意に声が響いた。

「そろそろ、素直に話すつもりになったか？」

裕哉の肩がビクッと震えた。

いつからこんな自分の姿を見られていたのだろうか。

恥ずかしさと天の助けを得たような安堵《あんど》とに満たされながら顔を上げると、ベッドサイドに冷ややかに眼鏡を光らせた博が立っていた。

「兄……ちゃ……」

甘えるような裕哉の声は、厳しい声の響きで遮られた。

「さぁ。……南の島で何があったのか、全部話してもらおうか」

「……っ」

裕哉は息を呑んだ。ドロドロになったような頭で、どうするべきか懸命に考える。

言えるはずがない。保と約束を破ったことが知られたら、何をされるかわからない。だが、今、博が自分にしていることも十分ひどいことだ。これ以上のひどいことがあるのだろうか。

黙っていると、博が手にしたリモコンを操作する。途端に乳首が器具に吸い上げられて、裕哉は胸をのけぞらせて震えた。さっきから絶妙なところで刺激が途切れたり入ったりしたのは、兄がずっと見ていたからかもしれない。

「つぁ、……ぁ、あ……っ！」

今までよりもずっと強く乳首が吸い上げられて、ズキンとその小さな粒に痛みが走った。だが、その疼痛《とうつう》も今の裕哉の身体にとっては快感でしかなく、切なく甘い吐息が漏れた。

「言ったら、……兄ちゃん、……怒る？」

博は裕哉に視線を落としながら、柔らかく微笑んだ。

「そりゃあ怒る。だが、言うまではこのままだ」

博は裕哉の身体の横で片膝をついて屈みこみ、硬く張り詰めた性器の裏筋をつつっと指先でなぞった。その直接的な刺激に裕哉の身体は大きく震え、先端からとくりと蜜があふれた。

「抜いて……、兄ちゃん……」

必死で裕哉は懇願した。

バイブを押しこまれた部分が、ぞわぞわして落ち着かない。

「言わなければ、このままだ」

博は穏やかに言い返す。その兄を涙目で見上げてから、裕哉はぎゅっと目を閉じた。瞳の端から、涙がこぼれ落ちる。

「兄ちゃんの……のが……いい」

それは素直な本心の吐露だった。

その途端、博が笑った。

「……そうか、兄ちゃんのがいいのか」

博は裕哉の足を束ねる紐を、解《ほど》き始めた。

自由になった足を、博は両手で抱えこみ、膝が胸につきそうなほど身体を折り曲げてくる。バイブの外に出ていた部分をつかまれ、ずっと引かれていく感覚に、裕哉はホッとした。

だが、抜かれるはずのバイブは元の位置まで押し戻される。

「っぁ、……っや…、ぁあ、……っぁあ！」

新たな刺激が中に送りこまれて、裕哉は濡れた声を漏らした。博はバイブを動かしやすいように、裕哉の膝をまとめて肩に抱え直す。

「素直に喋るまでは、このままだと言っただろ。南の島で何があった？　抜け駆けしないと約束したにも関わらず、保としたのか？」

あまりにも正解すぎて、逆にうなずけなかった。

博は裕哉の顔を凝視しながら、バイブの電源を入れた。上下の動きに回転も加わり、それに合わせて襞がねじられ、引き出される。

兄の手がバイブを抜き差しするたびに、待ち詫びていた快感が流しこまれる。それは絶頂寸前まで追いあげられていた裕哉にとっては欲しくてたまらないものだった。

入口から奥のほうまで大きく擦りあげるバイブの動きを全ての意識で追いかけ、逃すまいと襞がからみついていく。その動きに逆らうように抜かれてはぬぷぬぷと突き刺されて、覚えのある絶頂感が腰のほうから爆発的に広がった。

「っぁ、……ん、ふ……っ」

次こそはそれを逃したくなくて、裕哉はぎゅっと目を閉じてそれをつかもうとした。

総毛立つほどの快感に唇が震える。

「あ、…ぁ、あ、あ…っ、ン」

あと少しで達しそうだと思ったときに、博が冷ややかに宣言した。

「言わないと、これを抜く」

「……っ」

狼狽に身体が硬直した。

「だったら、抜こうな」

「っや、ぁ、あ、あ……」

裕哉に罰を与えるために、欲しがって震えるそこからゆっくりとバイブが抜き出されていく。

ずっとそれを入れられていたから、襞がすぐには閉じていないのかもしれない。少し腰が浮くほどに足を抱え上げられ、その奥でひくひくと震える粘膜をことさら観察されている気配に、裕哉は息を呑まずにはいられなかった。

もうこれ以上の焦らしは耐えきれずに涙をあふれさせると、博が縁を指先でなぞりながら囁いてきた。

「何をしてきたのか、言ってごらん。兄ちゃんには逆らえないよ。我慢しようとすればするほど、辛

くなるだけだから、早く言ったほうがいい。――兄ちゃんのいないところで、保としたのか？」

その質問とともに中に二本の指が押しこまれ、ぐっと開かれて粘膜が外気にさらされるような感覚が走った。これ以上弄ばれるのに耐えきれず、裕哉は小さくうなずくしかなかった。

「……ん」

「保としたってことか？」

あらためて尋ねられて、裕哉は再びうなずいた。

「……した。……でも、早乙女さんが」

「早乙女？」

「スポンサーの人。……今、保が話をつけに行ってる。……早乙女さんに俺が襲われそうになって、保が助けて……くれたんだ」

「どういうことだ？」

博に聞かれて、裕哉は身体の熱に浮かされたままのたどたどしい口調ながら、一連の事情を説明していく。話している間にも、博は中を戯れに長い指で掻き回すのを止めないから、なかなか身体の熱が冷めない。

早乙女というのは撮影を見学していたときに話しかけてきた親切な人であり、スポンサー企業の広告宣伝部長でもある。二日目の昼すぎに彼からロケハンを手伝ってくれと連れ出されて、二人きりで車で島を回り、襲われた。保から事前に早乙女には近づくなと警告されていたが、断り切れずについていってしまったことも、どうにか忘れずに言っておく。

「保の——せいじゃない。……っ、そんなことがあったから、俺が……してって言ったんだ」

あのときの絶望感と、保に抱きしめられたときの温かさが蘇《よみがえ》る。穢《けが》されたら二人に見捨てられると思ったことや、その後、保に抱かれてその熱に灼かれた安堵感までは上手に言葉にできなかった。

「早乙女さんにされそうに……なって、怖くて、……ぎゅっとして欲しかったんだ」

そんなたどたどしい言葉では、博には伝わらなかったらしい。眼鏡を押し上げながら、冷ややかに言い返された。

「抱きしめるだけではなく、それ以上のこともムードに流されてしてしまったってことか。どんな事情があっても、弁解の余地はない。保はこの家を追い出して、今後は一人暮らししてもらおうか」

その言葉に、裕哉は焦った。

ずっと三人で仲良く暮らしたい。

保が家を出て行くようなことになったら、何かが崩れる。保も博も失いたくない。その願いが、根底から覆される。

それだけは嫌だった。

どうにか打開策を考えようとしたとき、閃《ひらめ》いたことがあった。

——そうだ……。

兄に足を抱えこまれた恥ずかしい格好のまま、裕哉は懸命に声を押し出した。

「兄ちゃんは抜け駆けするなって……言ったけど」

「ああ」

「今だって…兄ちゃんは…抜け駆けしてる。保のいないときに、……こんなふうに……」

だからこそこれで相殺という形にしたかったのに、のうのうと博は言い放った。

「これは、いいんだ」

「何でだよ?」

裕哉の声が低くなる。

「お兄ちゃんだから」

それだけで全てを了解させようとする兄の強引さに圧倒される思いだったが、それで納得するわけにはいかない。

「だけど、……抜け駆けは抜け駆け」

「抜け駆けといっても、俺は裕哉に突っこんではいない。裕哉の口を割らすためと目的はハッキリしているし、入れたのは兄ちゃん自身じゃない」

口の減らない兄を言いくるめなければ、この状況は打開できない。

そう気づいた裕哉は博の首の後ろに手を回し、その腰に膝もからみつけて甘くかすれた声でねだった。

「兄ちゃんの……入れ…て……」

腰をぐっと押しつける。

「ん？」

「早……く……。もう我慢できない……」

実際に身体もそれを要求してならない。

博は一瞬ためらいを見せたが、裕哉のそんな誘惑にはかなわないらしい。こみあげてくる欲望に流されたように裕哉の足を割り、一気にその奥に猛ったものを押しこんできた。

「っぁ、……っぁあ……っ！」

体内の襞を博のものが割り開く。その部分から、灼けつくような痺れが広がった。

バイブよりもずっと大きいものに、充溢感《じゅういつかん》とともにギチギチにされた感覚に身じろぎもできない。

一度ギリギリまで抜き取られ、また根元まで押し開かれていく。バイブでは届かなかった深い部分に先端が届くたびに、頭が溶けそうだった。膝を博の腰にからみつけているから、いつもより深いのかもしれない。動かれるたびに、こらえることもできずに息が漏れてしまう。

欲しがって疼いていた部分をえぐられる感覚がすごくて、裕哉は吐息を漏らした。

「あ、……っい、……っはぁ、あ……っ」

裕哉がその大きさに馴染《なじ》むのも待たず、博は早急に腰を動かした。バイブでたっぷり嬲られてはいたが、その大きさまでは開いていなかった部分に叩きつけるような抜き差しを繰り返され、そのたびに裕哉の身体は大きく震えた。

接合部から摩擦が広がり、あっという間に押し上げられそうだった。

「はあっ…はぁ…」

つながった部分から、ぞくぞくと身体の芯まで甘ったるい電流が流れる。ペニスがはち切れそうに脈打ち、博が動くたびにものすごい快感に呑みこまれる。

その長さを利用して前立腺を集中的に刺激するような動きをされると、一気に絶頂へと押し上げられた。

「っひ、……っぁ、……っぁああ……あ……っ！」

触れられることもないまま、裕哉は博の腹に白濁を吐き出す。今度は止められることなく達することができて、その余韻がじんわりと腰を満たす。だが、博のほうはまだまだ余裕があるようだ。

力の入らない裕哉の背中を抜かないまま抱き寄せて、自分の腰の上へ座らせる。そのために深くまでその剛直がはまり込み、裕哉はあごをのけぞらせてあえいだ。

それだけでは終わらず、さらに博は裕哉の身体を百八十度回転させて部屋のドアのほうを向かせた。いつにない体位に、裕哉は不安を覚える。だが、博は自分でも上体を起こし、裕哉の身体に後ろから腕を回して乳首に装着されていた器具を外し、尖りきった粒をつまみ上げた。

「ッン！」

ぞくっと、接合部に痺れが走る。

「どうして裕哉を、バイブではあまりイかせなかったかわかるか？」

耳朶に唇を寄せられながら下から突き上げられて、裕哉は喉の奥でうめいた。

「っぁ！　わかん……な…っ…」

「兄ちゃんのでたっぷりイかせるためだ。バイブに裕哉のを搾り取られるのは業腹だからな」

喋りながらも博の手は腰と胸元を支え、円を描《か》くような動きを交えながら抜き差しを繰り返していく。

この体位だと、押しこまれるたびに突き刺される感覚がすごくて、ぞくぞくと震えが走った。裕哉の身体を支えるたびに胸元に回された指はずっと乳首をつまんでいて、身体を引き上げるときにはそこを引っ張られるから、裕哉は自分でも腰を上げずにはいられない。

さんざん器具で吸引されて尖りきった粒は、指に擦られるだけでも神経を剝き出しにされたような鋭い感覚を宿すようになっていた。

「っぁ、あ、あ……っ」

博の動きが本格的になり、裕哉は操られるまま腰を振るしかなくなる。

だが、後ろからすっぽりと博に抱きしめられ、その腕に収まることで大好きな兄のものになったような甘い感覚があった。

「っン、……兄ちゃん、……またイク……っ」

「イクか？　私も……っ」

あと少しで絶頂といったそのとき、目の端に映っていた博の部屋のドアがいきなり開け放たれた。

それだけでもビックリして心臓が口から飛び出しそうだったのに、そこから保が姿を現したことで裕哉の狼狽は大きくなった。

「っぁ……」

博に乗せられて大きく足を開いているから、保のいる位置からもしかしたら接合部まで見えているかもしれない。口を開き、感じるがままに淫らな顔であえいでいたのも見られていただろう。

保はそんな裕哉の姿を見た途端、かすかに眉を寄せたようだった。

「保……」

「帰ったか」

博はそう言い捨てると、動きを再開してますます激しく裕哉を突き上げてくる。そのたびに身体が揺れ、見られていると意識した身体が博を締めつけて、ますます追い詰められていく。

くちゅくちゅと体内から漏れる水音が、異様なほど耳について恥ずかしかった。

保はあきれ顔でベッドまで近づいてくる。

「俺が帰る前に、裕兄に手を出してたんだ。まぁ、こんなことだろうと思って、急いで帰ってきたんだけどね」

外出から戻って来てからすぐにこの部屋に直行したらしく、保はそう言うとコートを脱いだ。

それから、あえぐ裕哉のあごに指を添えて、じっとのぞきこんでくる。

「すっごいいやらしい顔して、博兄に抱かれてるね。裕兄のこういうときの顔って、どこか必死で、可愛い。少し腹立つけど」

　そんなふうに言われると、余計にどんな顔をしていいのかわからなくなる。博に絶え間なく突き上げられる鋭い快楽が全身を巡り、もう限界まで感じきっているのに、見られている緊張であと少しの堰が破れない。

「つぁ、……っん、……っんん……」

　揺さぶられている腰が、自分から動いてしまう。

　保はベッドのすぐそばに回転椅子を移動させて、そこに座った。長い足が際だつ。

　こんなふうに保が混じることなく、ただ見つめていることはなかったような気がする。だからこそ、その冷静な目に自分のこんな姿がどんなふうに見えるのかが怖くて、裕哉の身体は余計に火照った。

「は、……っぁ、……っ見る……な……っ」

「話をつけてきた。早乙女は――。あ、早乙女のことは」

「さっき、裕哉に聞いた」

　少し呼吸を乱しながら、博が保に言う。

　その拍子に博の指が裕哉の尖りきった乳首をカリッと引っかき、身体が大きく震える。あと少しで達しそうだったのに、やはりまだ届かずに、裕哉は熱い息を漏らすばかりだ。

「――早乙女はクビになったらしい。他の芸能プロからも、早乙女に対する苦情が殺到したそうだから。まぁ、裕兄に今後、近づくこともないだろうから、安心してくれていい」

保の声を聞きながら、裕哉は追い詰められていく。

とどめを刺すように博の腰が深くまで押しこんだ途端、お漏らししたように下肢から流れ出す感覚があった。

「っぁ、……ふ、ぁ、あ……っ」

射精するときの顔を、保にじっくり見られている。

それが恥ずかしいのに、その勢いを止めることができない。

「ン、……っぁ、あああ、……っあ、あ……っ」

裕哉の中に、博が吐き出すのも伝わってきた。

今日何度目だかわからない射精を終えて、裕哉は身体を支えきれずに背後にいる博にもたれかかる。

ハァハァと息をするばかりの裕哉に手を伸ばしてきたのは、保だった。

外から戻ったばかりの冷たい手で肌を探られて、ゾクッと粟立《あわだ》つ。だが、火照った身体にその指先はむしろ気持ち良く感じられて、裕哉は低くうめいた。

「抜け駆けはするなって俺にうるさく言っていたくせに、自分では留守中に裕兄にこんなことするんだ？」

保は非難するように博に言ってから、裕哉の身体を抱きあげて博から離す。博のが抜き出され、床に押し倒されたと思いきや、保の硬い大きなものが入ってきて、裕哉は立て続けの行為に震えた。

「っぁ、……ぁ、あ、あ……っ」

抗議するようにもがいたが、その甲斐《かい》無く根元まで貫かれてしまう。

保は裕哉の中の感覚を味わうように、ゆっくりと動いた。少し柔らかく感じられたものが、そうするたびに体内で硬く大きく張り詰めていく感覚があって、粘膜越しに感じる熱さに裕哉はぞくぞくと震えた。

「裕哉から誘ったんだ」

「そんな……こと……」

言い返そうとする保に、博は言葉を重ねる。

「何か隠し事をしているような気配があったから、裕哉の身体に直接聞くことにした。おまえと裕哉が、俺との約束を破って抜け駆けしたことまで聞いた。……そのひどい裏切りに、おまえを家から追い出そうと心に決めていたとき、裕哉が俺を誘ったんだ」

その話が気になったのか、保が動きを止める。

博はフンと鼻から息を吐き出して続けた。

「保と抜け駆けしたのが許せないのなら、自分と今、抜け駆けをしたら相殺されると、裕哉は思ったんだろう。――おまえが追い出されないように、裕哉なりに必死で考えた結果だ」

「……っ」

その言葉に感じるところがあったのか、保が裕哉を抱きしめる腕に力がこもった。

むさぼるように唇を奪われ、裕哉はそのがむしゃらな勢いに押し流されそうになった。

ずっと一緒でいたい。

こんないい男を二人も独り占めだなんて、贅沢すぎる望みだというのはわかっている。それでもどちらも裕哉にとって、かけがえのない相手なのだ。

兄と弟の二人から、恋人のように愛されたい。

そんなふうに願う自分は、何か間違っているだろうか。それでも、裕哉が望む形はそうでしかない。

「三人が……いい」

裕哉は唇を離されるなり、そう伝えた。

「ずっと選べって、……言うけど、……選べない。どっちも……大切だし、……ずっと一緒にいたい」

その言葉を受けて、博が言った。

「だと。——どうする、保」

保が裕哉を深くまで貫いたまま、かすかに苦笑して言った。

「——ま、裕兄が選べないって言うのなら、仕方がない」

「裕哉が望む形が一番だな」

博も同意する。

「裕哉にだけは、無茶させないようにしろよ」

「それは、こっちのセリフ」

保がそう返すのを聞き流しながら、博が裕哉の身体をうつ伏せにひっくり返した。保のが体内でねじれて、裕哉はうめく。

床に下ろされ、這わされた裕哉の唇に、博が熱くなったものを差し出してくる。

「裕哉が可愛いことを言うから、収まらなくなった」

その囁きとともに唇を割られ、口の中が博のもので一杯になった。

一度に二人を相手にするのはキツいけど、それでもこの形を選んだのは自分だ。

裕哉は博を見上げた。兄はいつになく優しい表情で、裕哉の髪を撫でてくれた。

「本当に無理だったら、ちゃんと言うんだよ」

その言葉にうなずくと、博が口の中のものを動かす。

「っぐ、……っふ、ふ……っ」

その動きによって喉までえぐられ、むせかえりそうになった。だけどその感覚が裕哉を追いあげ、感じさせる。

後ろからは保のものにえぐりまくられ、二人の身体に挟まれて裕哉はバラバラの動きで揺らされた。

上と下から同時に犯されている。こんな状況は普通じゃないと頭ではわかっているはずなのに、身体はそれに感じきる。

保の猛りきったものが身体の奥で動くたびに腿が震え、襞がひくつく。喉の奥まで博のもので犯されるたびに、いっそう深い悦楽の波に身体がさらわれていく。

二人きりでするときよりも三人でする行為に身体が慣らされ、より深く感じてしまう。

「そうだ。……そこ、……もっと吸え…っ。ああ、上手だ」

博の動きが速くなる。

それに煽られたように、保も動きを速めた。上と下から送りこまれる快楽に、全てが白く灼きつくされていく。

上下から送りこまれ、それによって裕哉も昂ぶって、身体の中で二人のものが硬く大きくふくれあがるのがわかった。動かれるたびに、鼻にかかったうめきが漏れる。

嫌じゃない。

こんなふうに身体で欲望を受け止めるのは、むしろ喜びでもあった。

震える手で床にすがると、保がぐいっと乱暴に深くまで突き上げた。

「っぁあ、……っあ！」

「博兄にされるのと、俺のと、どっちが好き？」

「っぁ、……っぐ、…っ」

裕哉はかすかに首を振る。

どっちが好きかなんて、比べられるはずがない。

ガクッと腰が落ちると、保が力強く身体を支えて、より感じるところに当たるように角度を微調整して突き上げてくる。それだけで悦楽がさらに増して、びくびくと腰が跳ねた。

「……っん、……っん、ん……っ」

ずっと入れっぱなしにされているせいか、それとも三人でいたいという結論をあらためて出したためか、何だか妙なスイッチが入っていた。操られるがままにガクガク揺らされ、唇と後孔を深くまで貫かれて動かされていると、全身が異様なほど過敏になって、自分の全てが溶けて流れていくようだ。

深くまで保のがねじこまれ、ゆっくりと引かれては勢いよく押しこまれる。唇にも深くまで含まされて抜けていく。乳首にはどちらのものだかわからない指がからみつき、絶妙な強さで揉みしごかれていた。濡れきった性器もしごきたてられ、イクのをもはや必死で我慢している状況だった。

「ん……っ、ん、ん……っ」

辛くもあり、気持ちも良くてどうにかなりそうだったが、相手が博や保ならいい。

上と下から同時にされてもかまわない。

続けられる律動に目の前がかすみ、唾液が床に流れる。

男なのに、兄弟なのに、という迷いはどこかに吹き飛び、身体の全てで二人を感じる喜びを知ってしまった。もはや、何も知らない状態には戻れない気がした。

二人が自分を抱いている最中に、裕哉を狂おしいほどに求めているのが伝わってくるからなおさらだ。

あえぐ裕哉の頬を博が両手で包みこむ。

喉いっぱいに博のを受け入れ、保が動くたびに目の眩《くら》むような快感が襲いかかる。二人の刻むリズムやスピードはそれぞれに違う。そんな中で、絶頂へと押し上げられていく。

「っん、……っん、ん……っ」

頭の中が真っ白になる。

次の瞬間、裕哉は達していた。

肌で直接感じる二人の熱さに、内側から灼かれていく。

こんな形の幸福もあるのだと、思い知らされるばかりだ。

あとがき

このたびは『三兄弟』を手に取っていただいてありがとうございました。血縁三兄弟三Pです。なんかこう、三兄弟のうち兄と弟に囲まれて真ん中が受、というのがスタンダードだよな、と思って書いたのですが、今、あらためて考えてみれば、三兄弟はどんな組み合わせでもいけますね。二人の弟に迫られてたじたじになる眼鏡長男受とか、二人の兄に迫られて困っちゃう感じの甘えんぼ弟受とか。三兄弟は萌えの宝庫かも。ごくり。

今回は真ん中受です。素敵な兄と弟に溺愛されて、困っちゃう感じがいいなぁ、と。兄と弟は次男の受を巡ってライバル関係で何かと仲が悪いんですが、その理由が次男にはわからなければいい。仲良くすればいいのに、と思いながらも、ボケボケな次男が好きなので、そんなノリで突っ走ってみました……！

そんな三兄弟に、素敵なイラストを描いてくださったタカツキノボルさま。本当にありがとうございます。キラキラしてカッコ良くも色っぽい三兄弟で、萌え萌えです。

そして、いろいろご意見ご助言いただいた担当O様もありがとうございます。雑誌掲載分をだいぶ改稿したのですが、時間も置いたおかげで、いい感じになったかも。

何より、読んでくださった皆様に、心からお礼を。ご意見ご感想など、何でもお気軽にお寄せください。ありがとうございました。

初出
三兄弟 ―――― 2008年 小説リンクス2月号を加筆修正
やっぱり三兄弟 ―――― 書き下ろし

この本を読んでの
ご意見・ご感想を
お寄せ下さい。

〒151-0051
東京都渋谷区千駄ヶ谷4-9-7
(株)幻冬舎コミックス　小説リンクス編集部
「バーバラ片桐《かたぎり》先生」係／「タカツキノボル先生」係

リンクス ロマンス

三兄弟

2011年2月28日　第1刷発行

著者……………バーバラ片桐《かたぎり》
発行人…………伊藤嘉彦
発行元…………株式会社　幻冬舎コミックス
〒151-0051　東京都渋谷区千駄ヶ谷4-9-7
TEL 03-5411-6434（編集）
発売元…………株式会社　幻冬舎
〒151-0051　東京都渋谷区千駄ヶ谷4-9-7
TEL 03-5411-6222（営業）
振替00120-8-767643
印刷・製本所…共同印刷株式会社
検印廃止

ISBN978-4-344-82164-4 C0293
Printed in Japan

幻冬舎コミックスホームページ　http://www.gentosha-comics.net